ammann

ADONIS

Ein Grab für New York

Ausgewählte Gedichte
1965–1971

Arabisch und deutsch

Aus dem Arabischen
übersetzt und herausgegeben
von
Stefan Weidner

Ammann Verlag

Die Übersetzung aus dem Arabischen wurde unterstützt durch
die Gesellschaft zur Förderung der Literatur aus Afrika, Asien und Lateinamerika e. V.
in Zusammenarbeit mit der Kulturstiftung PRO HELVETIA.

Der Deutsche Übersetzerfonds
hat die vorliegende Nachdichtung
mit einem Arbeitsstipendium gefördert.

Satz: Stephan Trudewind, Orient-X-Press, Berlin
Druck und Bindung: Clausen & Bosse, Leck
ISBN 3-250-10477-9

المسرح والمرايا (١٩٦٥ - ١٩٦٧)

Das Theater und die Spiegel (1965–1967)

لون الماء

Die Farbe des Wassers

كَلِمَاتٌ لها أرْجُلٌ وبيوتٌ
كَلِمَاتٌ تموتُ
وَهْيَ حُبلى،
... سكنَّا
وطنًا راودتْهُ، شَردْنا
في تقاطيعهِ
ارتسمْنا
حولَ آفاقه غُصونَا
وارْتسمنَا رؤًى وعيونَا...

Wörter, die Beine und Häuser haben
Wörter, die sterben
Wenn sie schwanger sind –
Wir bewohnten ein Land
Das sie umgarnten
In seinen Falten
Wurden wir zerstreut
Wir malten
Über seine Horizonte Zweige
Wir malten
Augen, Visionen …

كلماتٌ رمت قشرها، رافقتني
في طقوس المدينَهْ
ودخلنا مقاماتِها احترقْنا
حُلُمًا –
ها هنا دفنّا
جُثةَ العالم اقتسمنا
إرثَه واستعدْنا
لهب الفطرة الدّفينَهْ

Wörter, die ihre Schale abwarfen
Die mich geleiteten
Zu den Ritualen der Stadt
Wir gingen zu ihren Treffen
Und entflammten als Traum
Wir begruben dort
Den Leichnam der Welt
Deren Erbe wir teilten
Und stiegen auf als Flamme
Der bestatteten Zeit.

كلماتٌ تسافر في صَرْخة الطفولَهْ
كم حملنا خُطانا مزجنا البطولَهْ
بالجنون، احتمينا ببراكينهِ ...
كَلِماتٌ
حضَنتْ صمتَها وماتتْ
... وحرقنا مناديلنا وقرأنا
سورةً،
وذَبحْنا
حلُمًا كالخروفِ
بين إيقاعها والحُروفِ.
... وامتزْجنا بها ورقدْنا
فوقَها
ونَهضْنا
وبَدأنا، وعدنا
والمدى جامحٌ،

Wörter, die im Schrei der Kindheit reisen
Oft brachten wir unsere Schritte
Mischten Heldentum mit Wahn
Und suchten Zuflucht
In seinen Vulkanen …
Wörter
Die ihr Schweigen umarmten und starben
… wir zerrissen unsere Tücher
Und lasen eine Sure
Wir schlachteten
Als Hammel den Traum
Zwischen Buchstabe und Wörterklang
Wir mischten uns unter sie
Und schliefen auf ihnen ein
Erwachten wieder

Begannen
Und kehrten heim
Durch widerspenstige Weiten.

كَلماتٌ،
كَلِماتٌ هي الثّورةُ –
... اجترحْنا
كلّ ما يهدمُ المدينةَ أَو يخلقُ المَدينَهْ
كلماتُ الحنين وأقواسه الشريده
كلماتٌ تهاجر بين الغصون
كلماتٌ تموتُ مع الحلم في آخر العيونِ
كلماتُ الحدود البعيده
كلماتُ الأفولْ
والصّعودِ ومعراجه،
الحلولْ
في الجذور وغاباتها،
كلماتٌ

Wörter
Wörter wie die Revolution –
… wir taten alles
Um die Stadt zu zerstören, zu erbauen
Wörter der Sehnsucht mit vertriebenen Bögen
Wörter, zwischen Zweigen wandernd
Wörter mit einem Traum im verlöschenden Auge
Wörter ferner Grenzen
Wörter des Untergangs
Des Aufstiegs und der Himmelfahrt
Wörter verkörpert
In Wurzeln und Wäldern.

شهدت جثّة الحسينْ
وهْي تبكي وتجري مع الرّافدينْ
مُتّ في حضنها وعشقتُ
وَطَمرْتُ شَرايينها ونَبشْتُ
كلماتُ المَجيءْ –
سَفرٌ مُعتمٌ خُطواتٌ تُضيءْ
في الزّمان المهرول في وَجههِ البَطيءْ
كلماتٌ سفينهْ
في البحارِ الدفينهْ
بينَ نار الغَموض ومزمارهِ، الدَّفينهْ
تحت رقص الجذور
الدَّفينَهْ
حيثُ تمضي وتمضي وتمضي
مَطرًا هاذيًا
وتمضي
لَهَبًا هاذيًا
وتمضي ...

Ich sah den Leichnam Husseins [1]
Er weinte, er trieb in beiden Strömen [2]
Ich starb in seinen Armen und lebte wieder auf
Ich bestattete seine Adern und grub sie wieder aus
Wörter der Ankunft
Sind eine finstere Reise, leuchtende Schritte
In einer hastigen Zeit, ihrem langsamen Gesicht
Wörter sind Schiffe auf Meeren, begraben
Zwischen dem Feuer der Dunkelheit und der Flöte
Begraben unter dem Tanz der begrabenen Wurzeln
Wo du fortgehst, fortgehst, fortgehst
Wie das Stammeln des Regens
Wo du fortgehst
Wie die stammelnde Flamme
Und fortgehst.

نهر الكلام

لونكَ لونُ الماء
يا جَسَدَ الكَلامْ
حين يكون الماءْ
خميرةً أو صاعقًا أو نارْ –

وَاشْتعَلَ الماءُ وصارَ صاعقًا وصارْ
خميرةً ونارْ
نَيلُوفرًا
يسْألُ عن وسادتي
ينامْ ...
يا نَهرَ الكَلامْ
سافرْ معي يومين، جمعتين في خميرة الأسرارْ
نلتقطُ البحارَ، أو نسْتكشف المحارْ
نُمطرُ ياقوتًا وآبنوسا
نعرفُ أنَّ السّحرْ
جنّيةٌ سوداءْ
ترفضُ أن تعشقَ غير البَحرْ.
سافِرْ معي واظهرْ هنا ... وغِبْ هنا ...
واسألْ معي يا نَهرَ الكَلامْ
عن صَدفٍ يموتُ كي يَصيرْ
سحابةً حمراءْ
تُمطِرُ،
عن جزيرهْ
تَسيرُ أو تطيرْ،
وَاسألْ معي يا نَهرَ الكلامْ
عن نجمةٍ أسيرهْ
بين شِباكِ الماءْ
تحملُ تَحت ثديها
أياميَ الأخيرهْ.
واسألْ معي يا نهرَ الكلامْ
عن حجرٍ ينبُعُ منه الماءْ
عن موجةٍ يولَد منها الصّخرْ
عن حيوانِ المسك، عن يَمامةٍ من نورْ
واهبطْ معي في شَبك الدّيجورْ
في القاعْ
حيثُ الزّمنُ المكسورْ
وَليكنِ الكلامْ
قصيدةً تلبَس وجهَ البَحرْ.

Der Fluss der Worte

Deine Farbe ist die Farbe des Wassers
O Leib des Wortes
Wenn das Wasser
Der Gärstoff ist, der Blitz und das Feuer –

Das Wasser entflammte und wurde zum Blitz
Zur Hefe, zum Feuer
Seerose, die nach ihrem Kissen fragt
Und einschläft …
O Fluß der Worte
Ziehe zwei Tage mit mir, zwei Freitage
Im Gärstoff des Mysteriums
Wir lesen die Meere auf oder öffnen die Muscheln
Wir regnen Rubine und Ebenholz
Wir wissen, das Morgenrot
Ist eine schwarze Fee
Die sich weigert, anderes zu lieben als das Meer
Ziehe mit mir, erscheine hier
Fehle dort, frage mit mir
O Fluß der Worte, nach einer Muschel, die stirbt
Und rote Wolke wird
Um zu regnen
Frage nach einer Insel
Die fortgegangen
Frage gemeinsam mit mir
O Fluß der Worte, nach einem Stern, gefangen
Zwischen den Fenstern des Wassers
Einem Stern, in dessen Brust
Die letzten meiner Tage ruhen
Frage mit mir, o Fluß der Worte
Nach dem Stein, entsprungen der Quelle
Nach dieser Felsen gebärenden Welle
Nach dem Moschustier
Nach der Taube aus Feuer
Falle mit mir ins Netz der Dunkelheit
Sink auf den Grund
Wo zerbrochen die Zeit
Und mögen die Worte Gedichte sein
Mit dem Antlitz des Wassers als Kleid.

Die zerbrochene Zeit الزمان المكسور

امرأة ورجل

– من أنتَ؟
– بهلولٌ بلا مكانْ
من حجَر الفضاء من سُلالة الشيطانْ
– من أنتِ؟
هل سافرتِ في جسَدي؟
– مِرارًا؟
– ما رأيتِ؟
– رأيتُ موتي
– هرْولتِ فوق دمي، جلستِ، نزعتِ
ثوبك، واغتسلتِ، لبستِ وجهي؟
ورأيتِ شمسيَ مثلَ ظلٍّ
ورأيتِ ظلّيَ مثلَ شمسٍ
ونزلتِ تحت سريرتي، وكشفتِني؟
– أكشفتني؟
– كَاشَفْتِني؟ أيقنْتِ؟
– لا
– أشُفيتِ بي، وبقيتِ خائفةً؟
– بَلى
– أعرفتِني؟
– أعرفتَني؟

Mann und Frau

Frau: Wer bist du?
Mann: Ein heimatloser Narr[3]
Aus Meteoritengestein
Aus der Rasse des Teufels.
Wer bist du?
Hast du meinen Körper bereist?
Frau: Immer wieder.
Mann: Was sahst du?
Frau: Ich sah meinen Tod.
Mann: Trugst du mein Antlitz als Kleid
Und sahst meine Sonne als Schatten
Und sahst meinen Schatten als Sonne
Und stiegst hinab in mein Innerstes, entdecktest mich?
Frau: Und du, entdecktest du mich?
Mann: Entdecktest du mich, überzeugtest du mich?
Frau: Nein.
Mann: Tat ich dir wohl, und bliebst du furchtsam?
Frau: Gewiß doch!
Mann: Hast du mich erkannt?
Frau: Und du, hast du mich erkannt?

أغنية للرجل

جانبيًّا،
رأيتُ وجهكِ مرسومًا على جذْع نخلةٍ
ورأيتُ الشَّمسَ سوداءَ في يديكِ،
فأسرجتُ حنيني إلى النّخيل، حملتُ اللّيلَ في
سلَّة، حملتُ المدينهْ
وتَناثرتُ حول عينيكِ، أستطْلِعُ وجهي –
رأيتُ وجهكِ جوعانًا كطفلٍ،
حوّطتُه بالتّعاويذ
وفتّتُّ فوقه ياسمينَهْ.

Das Lied des Mannes

Von der Seite
Sah ich dein Gesicht auf den Stamm der Palme
gemalt
Die schwarze Sonne auf deinen Händen
Da sattelte ich meine Sehnsucht nach der Palme
Brachte die Nacht in einem Korb, trug die Stadt
Und verstreute mich um deine Augen, erkundete
mein Gesicht –
Ich sah dein Gesicht, es war hungrig wie ein Kind
Ich ummauerte es mit Zaubersprüchen
Und verstreute darüber Jasmin.

أغنية للمرأة

جانبيًّا
رأيتُ وجهكَ شيخًا
سرقته الأيامُ والأحزانُ
جاءَني حاضنًا قواريرَه الخضراء يستعجل العشاءَ
الأخيرَا
كلّ قارورةٍ خليجٌ وأعراسُ خليجٍ ومركَبٌ
تغرق الأيام فيه وتغرق الشطآن
حيثُ تَسْتَكْشِفُ النّوارسُ ماضيها وَيَسْتَشْعرُ
الغَدَ الرّبانُ
جاءَني جائعًا، مددتُ له حبّي
رغيفًا ودورقًا وسريرًا
وفتحتُ الأبوابَ للريح والشّمس، وشاركته
العشاء الأخيرَا.

Das Lied der Frau

Von der Seite
Hattest du das Gesicht eines alten Mannes
Der, von Tagen und Kummer bestohlen
Mir brachte seine grünen Phiolen
Und drängte zum letzten Mahl
Jede Phiole ist eine Bucht
Hochzeit einer Bucht und ein Schiff
In dem Tage und Strände versinken
Wo Möwen die Geschichte entdecken
Und der Kapitän seine Zukunft erahnt
Er kam hungrig zu mir, ich gab ihm meine Liebe
Wie ein Brot, wie einen Krug und ein Bett
Ich öffnete die Türen dem Wind und der Sonne
Und teilte mit ihm das letzte Mahl.

المجوس

كان في وجهكِ المسافر، في وجهيَ
نَجْمٌ، وكان ليلٌ يجوسُ
وتَلاقَتْ يدانا
تَلاقَتْ خُطانا
وتَلاقَتْ رؤانا
وهَبَطْنا، رأينا وغبنا
وظهرنا وغبنا
وأتى بعدنا المَجُوسُ.

Die Magier

In meinem, in deinem Antlitz auf Reisen
War ein Stern
Die Nacht spionierte
Und begegnete unseren Händen
Und begegnete unseren Schritten
Und begegnete unseren Träumen
Wir fielen hinab, wir sahen und fehlten
Wir erschienen und fehlten
Und nach uns kamen die Magier. 4

وجه امرأة

سَكنتُ وجه امرأهْ
تَسكُن في موجةٍ
يقذفها المدُّ إلى شاطئٍ
ضيَّع في أَصدافه مرفأه.
سكنتُ وجه امرأَهْ
تُميتني، تُحبُّ أن تكونْ
في دميَ المُبحر حتى آخر الجنونْ
مَنارةً مطفأه.

Das Gesicht einer Frau

Ich wohnte im Gesicht einer Frau
Die in der Welle wohnt
Die Flut spült sie an einen Strand
Wo unter Muscheln der Hafen entschwand
Ich wohnte im Gesicht einer Frau
Die mich tötet, die in meinem Seefahrerblut
Bis zum Ende des Liebeswahns
Ein Leuchtturm sein will, der erlosch.

الطريق

ألطّريقُ امرأه
وضعَتْ راحَةَ المسافر في راحةِ العشيقْ
مَلأتْ راحةَ العشيقْ
بالحنين وأصدافهِ،
امرأهْ
حُلُمٌ صيَّرَتْهُ امرأه
مركبًا ضيّقًا كالجناحْ
لابسًا وردةَ الرّياحْ
ناسيًا مَرفأهْ.

Der Weg

Der Weg ist eine Frau
Sie hat die Hand des Reisenden in die des Geliebten
gelegt
Die Hand des Geliebten
Mit Sehnsucht und Muscheln gefüllt
Eine Frau
Ein Traum, den die Frau
In ein Boot verwandelt
Das schmal ist wie ein Flügel
Das die Windrose trägt wie ein Kleid
Und den Hafen vergißt.

مرآة لحظة ما

صاعدٌ؟ كيف؟
لا جبالكِ من نارٍ
ولا في ثلوجها أدَراجْ
لك في وجهيَ الكَتُوم
رسالاتُ حنينٍ
وفي دمي أبراجٌ
كلما قلتُ: أصعدُ
انْكسَرَ الليلُ
وضاقَ الحنينُ والمعراجُ.

Spiegel eines Augenblicks

Dich aufschwingen? Aber wie?
Deine Berge sind nicht Feuer
Und deine Gletscher haben keine Stufen
In meinem schweigsamen Antlitz
Sind Botschaften der Sehnsucht für dich
Und in meinem Blut sind Türme für dich
Stets wenn ich sage: Schwing dich auf
Zerbricht die Nacht
Und eng werden Sehnsucht und Himmelfahrt.

مرآة للكرسي

كُرْسيّكَ الشّائخُ كان طفلاً
أعطيتُه يَديّ
عِقْدَيْن دميتيْن – كم تَدلَّى
وجاعَ، واسترسل حولَ صدري
كم طاف واستراح في عينيّ.
لو يُنسَخُ الكرسيّ، لو يَصير
مُسافِرًا، أو نظرةً خجوله
لقلتُ في أهْدابكَ الخجوله
أَلمحُ كلّ ليلِ
طفولَةَ الكرسيِّ، كلَّ ليلِ
سهرتُه،
وأَلمحُ الطفولَه.

Spiegel des Throns

Dein alternder Thron war ein Kind
Dem ich meine Hände gab
Zwei Halsbänder und zwei Puppen
(Ach, wie sie baumelten)
Es hungerte, ließ sich gehen vor mir
Wie kreiste es, wie ruhte es in meinen Augen
Wenn der Thron abgeschafft würde, wenn er
Ein Reisender würde oder ein schüchterner Blick
Dann sagte ich, ich sähe jede Nacht
In deinen schüchternen Wimpern
Die Kindheit des Throns, jede Nacht
Die ich wachte
Sähe ich die Kindheit.

مرآة للوقت

أَدعوكَ، أيامي بلا حارسٍ
وهذه المسافة المقفرهْ
وليمةٌ للحلم، عيدٌ من الحنينِ من أشجارهِ
المثمره
أدعوكَ أن تحضره.
ساريةُ الأحزانِ مرفوعةٌ
يا ليتَ لو ترتاحُ، لو تنحني
كالغُصن في رياحِها المضمره
وِها هو الإبريق مرثّيةٌ
أَو زهرةٌ،
والشّايُ نافورةٌ
أدعوكَ أن تصغيَ، هذا الصّدَى
يجيئنا بالعُشْبةِ المُسكره.
... وغرَّب الوقتُ، الحَنينُ ارتدى
ثيابَنا
صارَ البخورَ الذي
يلفُّ أهدابَنا
يخرجُ من قبّةٍ
قديمة
تخرجُ من جوهره

Spiegel für die Zeit

Ich lade dich ein, denn meine Tage sind ohne Wächter
Und diese öde Weite
Ist ein Gastmahl für den Traum
Das Fest seiner fruchtbaren Bäume
Der Sehnsucht Fest
Ich lade dich ein, daran teilzunehmen
Der Mast der Sorgen ist errichtet
Ach, würde er doch ruhen, würde er sich beugen
Wie der Zweig in den versteckten Winden
Hier ist der Krug eine Klage
Oder eine Blume
Und der Tee ist eine Fontäne
Ich lade dich ein, zuzuhören, diesem Echo zu lauschen
Es bringt uns einen geknickten Grashalm
Die Zeit geht unter, die Sehnsucht
Trägt unsere Kleider
Und der Rauch
Der unsere Wimpern einhüllt
Steigt auf aus einem alten Kuppelgrab
Aus einem Juwel.

أربع أغنيات لحزمة القصب

Vier Lieder für eine Garbe Schilf

الجائع

يَرسمُ الجُوعَ على دفترهِ
أنجمًا أَو طُرُقا
ويَغُطِّي الوَرقا
بمناديلَ من الحلمْ –
لمَحْنا
شمسَ حبٍّ حرّكَتْ أهْدابها
ورأينا شَفَقا

Der Hungrige

Er malt den Hunger in sein Heft
Als Wege und Sterne
Und bedeckt das Papier
Mit seinen Schleiern aus Traum –
Wir sahen
Die Sonne der Liebe mit den Wimpern zucken
Wir sahen das Abendrot.

النوم والنهوض من النوم

يصنع في نومهِ
نموذجًا لثورةِ جامحهْ
تعانق المستقبل الطالعا
يَنهضُ من نَومه –
تصير أيّامُهُ
ببغاءَ ...
تبكي اللّيلة البارحهْ
حلمه الضّائعا

Der aus dem Schlaf erwachte Schlaf

Er macht aus seinem Traum
Das Vorbild für eine unbezähmbare Revolution
Die die Zukunft umarmt
Er erwacht aus seinem Schlaf
Seine Tage
Sind ein Papagei geworden
Sie beweinen die vergangne Nacht
Sie beweinen den verlornen Traum.

الشعب

تجمّع الشّجَرْ
أثقله الصّراخُ والحَنينُ كالثّمر
وهبّ في مسيرهْ
حولَ ضفافِ النّهر. كانَ رعدٌ
يَرجّه كأنه الشّررْ
وصعقَ الشّجَرْ
حزْنًا على طيوره الأسيرهْ
في الجانب الآخر من خاصرةِ النَّهَرْ.

Das Volk

Die Bäume rotteten sich zusammen
Die Schreie und das Sehnen der Früchte lasteten auf
ihnen
Der Fluß toste in seinem Lauf zwischen den Ufern
Der Donner ließ ihn in Funken zerstieben
Die Bäume wurden vom Blitz getroffen
Vor lauter Trauer über die gefangenen Vögel
Auf der anderen Seite des Flusses.

الغضب

غضب الفراتُ –
في ضِفّتيه حناجرٌ
أبراجُ زلزلةٍ، ورعْدٌ،
والموجُ أحصنةٌ …
رأيتُ الفجرَ مقصوصَ الذؤابهْ
والماءَ مسنونَ الهدير يسيلُ محتضِنًا حِرابَهْ.
غضب الفراتُ
لا النّارُ تطفئ ذلك الغضبَ الجريحَ ولا الصّلاةْ.

Der Zorn

Der Euphrat zürnte –
Zwischen seinen beiden Ufern sind Kehlen
Türme eines Erdbebens, Donner
Die Wellen sind Hengste …
Ich sah das Morgenrot mit seiner abgeschnittenen
Stirnlocke
Und das Wasser mit gewetzter Brandung
Wie es die Lanze umklammert
Der Euphrat zürnte –
Kein Feuer löscht diesen verwundeten Zorn
Kein Gebet.

أربع أغنيات لتيمور Vier Lieder für Timur[5]

مرآة للشرع

فَاجِئْ
جسدَ العذراءْ
جَسَدَ الحُبلى ...
فَاجِئْ وافتكْ
لا تتركْ شيخًا أَو طِفلا ...

هذا شرعي.

Spiegel für das Gesetz

Brich herein
Über den Körper des Mädchens
Über den Leib der Schwangeren
Brich herein und morde
Verschone keinen, weder jung noch alt …

So lautet mein Gesetz.

الغزو

يَحْترقُ العُصفور
والخيلُ والنّساء والأرصفه
تُقْسَمُ كالأرغفهْ
بَين يَديْ تيمورْ.

Der Raubzug

Der Vogel entflammt
Pferde, Frauen, Straßen
Werden zerrissen wie Brot
Vor Timurs Augen.

هم

جَاؤوا
دخلوا البيت عراةً
حفروا
طمروا الأطفالَ، وعَادوا ...

Sie

Sie kamen
Nackt betraten sie das Haus
Sie gruben
Verscharrten die Kinder
Und zogen fort.

السيل

مهيار غنَّى حَنَا، بَرَّأَ صلّى ودانْ
بارك وجهَ الجنونْ
ذَوَّب في صوتهِ
جرحَ العصور، اشتهى
لصوتِه أن يكون
سيلاً، وكالسّيل كانْ ...

Die Flut

Mihyâr[6] sang, verneigte sich, betete, sprach von den Sünden frei und bekannte seinen Glauben
Segnete das Antlitz des Wahns
Schmolz in seiner Stimme
Den Vogel, wünschte
Daß seine Stimme
Flut sei – und sie wurde Flut.

مرايا وأحلام حول الزمان المكسور

Spiegel und Träume um eine zerbrochene Zeit

الماضي

كم حملتُ الحجَرْ
من تلال سمرقندَ، صُغْتُ الحجَرْ
حربةً،
أو قِلادَه
لعشيقاتيَ الجواري،
كم نسجتُ البشَرْ
خيمةً،
أو وسادَهْ ...

Die Vergangenheit

Wie oft schleppte ich Steine
Von den Hügeln bei Samarkand
Und brach einen Speer
Aus dem Stein
Ein Halsband
Für meine Geliebten, die Konkubinen
Wie oft verwob ich die Menschheit
Zu einem Zelt
Zu einem Kissen …

الحاضر

زمَنٌ يجري، زمنٌ يهرب مثلَ الماءِ
وأنا أجري ...
كلُّ نهارٍ سكّينٌ في أحشائي
والليلُ حِرابٌ

أَشعرُ أَنَّ الشّمسْ
تَعْرى
ترقدُ فوق سريري مثلَ امرأةٍ،
حين يقالُ: «قطعنا رأسْ» ...

Die Gegenwart

Die Zeit fließt, die Zeit enteilt wie das Wasser
Und ich fließe …
Jeder Tag ist ein Messer in meinen Eingeweiden
Und eine Lanze ist die Nacht.

Ich sehe die Sonne
Sich entkleiden
Sie liegt auf meinem Bett wie eine Frau
Wenn es heißt: Wir haben einen Kopf abgetrennt …

الرصاصة

رصاصَةٌ تدورْ
مدهونةٌ بألق الحضاره
تَثقبُ وجهَ الفَجرِ – كلَّ لحظةٍ
يُعاد هذا المشهدُ –
الحُضورْ
يُجدّدون جرْعةَ الحياة، يَنشطونَ، لا سِتاره
لا ظِلّ، لا استراحةٌ:
ألمشهدُ التّاريخُ،
والمُمثّلُ الحضاره.

Die Kugel

Die Kugel dreht sich, durchbohrt
(Gesalbt vom Glanz der Kultur)
Das Antlitz des neuen Tags
Jeden Moment
Wiederholt sich das Schauspiel Gegenwart
Sie erneuern die Dosis des Lebens, unentwegt
Kein Vorhang, kein Schatten, keine Pause:
Das Schauspiel ist die Geschichte
Und der Schauspieler ist die Kultur.

مرآة طاغية

سنبلةً سنبلَهْ
لا تتركوا سنبله
فإنَّ هذا الحصَادْ
فردوسُنا المستعادْ
بلادُنا المقبله

ومزّقوا القلوبَ قبل الصّدورْ
واقْتلعوا الجذورْ
وغيّروا هذا التُرابَ الذي
أَقَلَّهم،
وامْحوا زمانًا روى تاريخَهم
وامْحوا سماءً حَنَتْ عليهمُ ...
سنبلةً سنبلهْ
كي ترجعَ الأرض إلى عهدها ...
سنبلةً سنبلهْ ...

Spiegel eines Tyrannen

Ähre für Ähre
Laß die Ähre nicht los
Diese Ernte
Ist das zurückerlangte Paradies
Unser zukünftiges Land.

Zerfetzt die Herzen in den Brüsten
Reißt die Wurzeln aus
Wechselt diese Erde, die sie barg
Wischt eine Zeit aus, die ihre Geschichte erzählte
Wischt einen Himmel aus, der sich über sie beugte
Ähre für Ähre ...
Damit die Erde wieder wird, wie sie war
Ähre für Ähre ...

مرآة السياف

هل قلتَ إنَّكَ شاعرٌ؟
من أين جئتَ؟ أُحسّ جلدَكَ ناعمًا ...
سيّافُ تسمعُني؟
وهبتكَ رأسَه،
خذه، وهاتِ الجلْدَ واحذَرْ أَنْ يُمسَّ الجلدُ
أشهى لي وأغلى ...
سيكونُ جلدُكَ لي بساطًا
سيكونُ أجمل مخملٍ،

هل قلتَ إنَّكَ شاعرٌ؟

Spiegel des Scharfrichters

Sagtest du, du seiest Dichter?
Woher bist du gekommen?
Deine Haut fühlt sich zart an ...
Scharfrichter, hörst du mich?
Ich gab dir seinen Kopf
Nimm ihn, laß mir die Haut
Die möglichst unversehrte
Sie ist mir lieb und teuer
Sie dient mir als Teppich
Sie ist weicher als Samt.

Sagtest du, du seiest Dichter?

الشاعران

بين الصّدى والصّوت شاعرانْ
ألأولُ النّاطق مثلُ قمر
مُكسّر،
والآخرَ الصّامت مثلُ طفلٍ
ينامُ كلّ ليلةِ
بين يدي بركانْ

Die beiden Dichter

Zwischen Stimme und Echo zwei Dichter
Der eine spricht, als wäre er
Ein zerbrochener Mond
Der andre ist still wie ein Kind
Das jede Nacht
Im Schoß des Vulkans schläft.

دمشق

دمشقْ
قافلةُ النجوم في سجّادةٍ خضراءْ
ثديان من جمرٍ وبرتقالْ
دمشق
ألجسد العاشق في سريرهِ
كالقوس،
والهلالْ
يَفْتَحُ باسْم الماءْ
قارورةَ الأيام، كلّ يوم
يدورُ في مدارك الليلي
يسقطُ في بركانك الشّهيّ
ذبيحةً ...
والشّجر النائم حول غرفتي
ووجهي
تُفّاحةٌ
وحبّي
وسادةٌ، جزيره ...
لو أنّها تجيءْ
لو أنّها تجيءْ
دمشقْ
يا ثَمر اللّيل ويا سريرَهْ.

Damaskus

Damaskus
Sternenkarawane auf grünem Grund
Zwei Brüste aus Glut und Orange
Damaskus
Der Körper des Liebenden im Bett
Wie ein Regenbogen, wie ein Sichelmond
Im Namen des Wassers
Öffnet er
Die Karaffe der Tage
Dreht sich jeden Tag
In deiner nächtlichen Kreisbahn
Fällt als Opfer
In deinen begehrten Vulkan
Die Bäume schlummern rings um mein Zimmer
Und mein Antlitz
Ist ein Apfel
Meine Liebe
Ist ein Kissen, eine Insel …
Wenn sie[7] nur käme
Wenn sie nur käme
Damaskus
Frucht der Nacht, o Ruhestatt.

بيروت

Beirut

-١-

يَسكنُ في بيروتْ
والأرض في عينيه أبجديّةْ
وخمسُ جامعاتْ
والصّخر تفّاحٌ وأغنيات.
لكنّه يموتْ –
يموتُ في تَمتمهْ
كأنّه يسكن في جمجمه
بغير أيامٍ ولا هويّه.

1

Er lebt in Beirut
Und die Erde ist ein Alphabet in seinen Augen
Fünf Universitäten
Und der Fels[8] ist ein Lied und ein Apfel
Doch er stirbt
Er stirbt stammelnd
Als wohnte er in einem Schädel
Ohne Tage und Identität.

-٢-

كانت المائدهْ
غُرفًا،
يتصايَحُ فيها الضّيوف
كان لحمُ الخروفْ
جَبلاً، والشّرابْ
ساحرًا حوله يطوفْ
وعلى الشّرْفة الذهبيّة في قبّة المائدة
كانَ وجهٌ يبيدُ مع الأوجه البائده –
كانَ وجهُ الكِتابْ.

2

Der Tisch war ein Zimmer
An dem sich die Gäste gegenseitig anschrien
Der Hammel schien ihnen wie ein Berg
Und die Getränke waren ein Zauberer, der ihn
umkreiste
Auf dem goldenen Balkon, auf der Kuppel des
Tisches
Ging ein Gesicht mit den zerstörten Gesichtern
zugrunde
Es war das Gesicht des Buches[9].

-٣-

عائشةٌ مرّت، فكلُّ ليلِ
تَختٌ، وكلّ ناقة مصباحْ
لِلجسد الضّرير أو للزّمن الضّريرْ
عائِشةٌ تجتاحُ – لونُ الشّهوة اجتياحْ
راقصَها الأميرُ وهو لابسٌ قبّعة الشحّاذِ
أو راقصها الشّحّاذُ وهو لابسٌ قبّعة الأميرْ
سامرَها غنّى لها حتّى غفا الكلامْ
لفَّ عليها زندَه وغطّى
سُرّتها، ونامْ ...

3

Aischa[10] ging vorüber, jede Nacht
War ein Bett und jede Kamelstute eine Lampe
Für den blinden Leib oder die blinde Zeit
Stürmende Aischa – die Farbe der Begierde ist der
Sturm
Der Prinz, der die Kappe eines Bettlers trug
Oder ein Bettler, der die Kappe des Prinzen trug
Tanzte mit ihr
Er unterhielt sie und sang für sie, bis die Worte
schliefen
Dann schlang er seinen Arm um sie
Legte seine Hand auf ihren Nabel
Und schlief ein.

مرآة لملك الحريم

تقدّمي، من أَنْتِ يا قبيلَهْ
لا ذَهبًا حملتِ، لا دِمقْسًا
للملكِ العظيمْ
لا خيلَ لا لُبانًا لا حجرًا كريمْ
ولا أرى جديلَهْ
لِمن، لماذا هذه المسيرَهْ؟
كوني، إذن، من خَدَم الأمير
أو مِن خدم الأميره.

Spiegel für den König des Harems

Komm her, wer bist du, mein Stamm?
Du brachtest dem großen König
Kein Gold und keine Seide
Kein Pferd, kein Weihrauchharz und keinen edlen
Stein
Auch sehe ich keinen Zopf:
Warum und für wen dann die Reise?
Diene dich also dem Prinzen an
Oder der Prinzessin.

مرآة رجل يروي

لو أنّني وُلدتُ قهرمانْ
في القصْر،
أَوْ مزيّنًا لزوجة الخاقانْ
لكنتُ أقواسًا على الدّروب
لكنتُ قوّامًا على الرّؤوسْ
أصنعُ منها النُّقْلَ والندامى
والخمرَ والكؤوسْ
أصنع منها نكهةَ الشّعوب.

Spiegel eines Erzählers

Wenn ich als Hofmeister in einem Schloß geboren
wäre
Oder als Kammerherr der Gattin des Monarchen
So wäre ich wie Regenbögen auf den Wegen
So wäre ich verantwortlich für alle Köpfe
Und machte daraus Salzgebäck und Zechgenossen
Wein und Kelche
Ich machte daraus das Aroma der Völker.

مرآة لزرياب

كلّ شيء يغنّي كزريابَ –
سيفُ الإمارَهْ
وحذاء الأميرة، والنّفط –
(عصرُ الأغاني عربيٌّ)،
وتعويذةُ الجحيم
والصّلاةُ،
ومقصورةُ الحريم
ودَمٌ يُسْدِلِ السِّتارهْ.

Spiegel für Zaryab [11]

Alles singt, wie Zaryab –
Das Schwert des Emirats und die Schuhe des
Prinzen, das Öl
(Zeitalter der arabischen Lieder)
Das Amulett der Hölle
Und das Gebet, die Einfriedung für den Kalifen
Und Blut, das den Vorhang herabläßt.

امرأة ورجل

Mann und Frau

(– رأيتُ أنَّ فارسًا
من السّماء حاملاً
قارورةً يملؤها ترابًا، قَدَّمها إليَّ –
كان أحمرَ يسيلُ منه دمك – انقلَعْتُ
كالعشبة من سريري ...
– اطمئنّي،
أَلحيرةُ التي ترجُّ نفسي تزولُ،
إنّ ضوءًا يشعُّ – كلُّ جوعٍ
جوعي
وكل جُرْحٍ
جرحي،
وكلّ موتٍ ...

حُلْمُكِ يَسْتنفِرُ في كتابي
حروفَه والنّارَ والمجامرا
حلمكِ يُغرينيَ كي أُسافِرا
في هذه الحُفْنةِ من تُرابي ...)

(– Ich sah, wie ein Ritter
Aus dem Himmel eine Flasche brachte, voller Staub
Er war rot und reichte sie mir
Er blutete dein Blut
Ich wurde aus meinem Bett gerissen wie ein Grashalm
– Beruhige dich, Frau
Die Verwirrung läßt nach, die meine Seele erschüttert hat
Das Licht erstrahlt, jeder Hunger
Ist mein Hunger
Jede Wunde
Ist meine Wunde
Und jeder Tod …

In meinem Buch ruft dein Traum
Seine Buchstaben zum Kampf, ruft das Feuer und die Glut zum Kampf
Dein Traum führt mich in Versuchung
Auf dieser Handvoll Erde zu reisen …)

مرآة الشاهد

Spiegel des Blutzeugen

وحِينما استقرّت الرّماحُ في حشاشةِ الحسين
وازيّنَتْ بجسَدِ الحسينْ
ودَاست الخيولُ كلَّ نقطةٍ
في جسد الحسينْ
واستُلبَتْ وقُسِّمت ملابسُ الحسينْ
رأيتُ كلّ حجرٍ يحنو على الحسينْ
رأيتُ كلّ زهرةٍ تنامُ عند كتفِ الحسينْ
رأيتُ كلّ نهرٍ
يسير في جنازة الحسينْ.

Als die Lanzen steckenblieben im Herzen von Hussein[12]
Und sich schmückten mit dem Körper von Hussein
Und die Pferde jeden Fleck zertrampelten
Auf dem Körper von Hussein
Und geraubt und zerteilt wurden die Kleider von Hussein
Sah ich, wie jeder Stein sich neigte auf den Körper von Hussein
Sah ich, wie jede Blume schlief auf dem Körper von Hussein
Sah ich jeden Fluß
Marschieren im Leichenzug für Hussein.

مرآة الحلم

خُذيه، هذا حُلمي
خيطيهِ والبسيهِ
غِلالة.

أَنتِ جعلتِ الأَمسْ
ينامُ في يديّ
يطوفُ بي، يدورُ كالهديرْ
في عرباتِ الشّمسْ
في نَوْرسٍ يطيرْ
كأنّه يَطيرُ من عينيّ.

Spiegel des Traums

Dies ist mein Traum –
Nimm ihn
Nähe ihn und trage ihn
Als Kleid.

Du machtest, daß das Gestern
In meinen Armen schläft
Daß es mich umkreist
Und sich im Sonnenwagen
Wie ein Rauschen dreht
In der Möwe, die davonfliegt
Als flöge sie aus meinen Augen.

مرآة للأرض

هذا الذي يَلجُّ في سريرتي
يقتلعُ النَّخيلَ والقبابَ والأجراسْ
يضربُ وجهَ الأرضْ،
هذا الدّمُ الرّافضُ، هذا الرّفضْ
تلهّفٌ آخرُ، واشتعالٌ
باسْمِ الغدِ الطّالعِ باسْمِ الأرضْ –
مملكةِ التّاريخِ، والحضورِ، والأعراسْ
تلهّفٌ آخرُ، واشْتِعالٌ
بالزّمنِ الفاتحِ راحتيهِ
مثليَ، بالأرضِ ونورِ الأرضْ

Spiegel der Erde

Der mich in meinem Bett bedrängt
Der Palmen ausreißt, Kuppelgräber und Glocken
Der die Erde ohrfeigt –
Dieses störrische Blut, diese Verweigerung
Ist ein andres Sehnen, ein Entflammen
Im Namen des Morgens, der im Namen der Erde
kommt –
Das Königreich der Geschichte, der Gegenwart und
der Hochzeiten
Ist ein anderes Sehnen, ein Entflammen
Der siegreichen Zeit, deren Hände
Wie meine sind, voll mit Lehm und dem Licht der
Erde.

مرآة لمسجد الحسين

ألا ترى الأشجارَ وهْي تمشي
حدباءَ،
في سُكْرٍ وفي أناةْ
كي تشهدَ الصّلاةْ؟

ألا ترى سيفًا بغيرِ غِمدٍ
يبكي،
وسيّافًا بلا يَدينْ
يطوف حول مسجدِ الحسينْ؟

Spiegel für die Moschee Husseins

Siehst du nicht, wie die Bäume
Vor Langmut und Trunkenheit
Mit krummen Rücken laufen
Um dem Gebet beizuwohnen?

Siehst du nicht das Schwert
Das außerhalb der Scheide weint
Und den Henker ohne Hände
Husseins Moschee umkreisen?

تعويذات لمدائن الغزالي

Zaubersprüche für die Städte al-Ghazalis[13]

جسد الحصاة

هذا الذي سمّيتهُ التّاريخَ والبدايهْ
أملسُ مسدودٌ بلا حياةِ
كجسد الحصاةِ
هذا الذي يمنحنا الرّعايهْ
سريرُ عنكبوتٍ
والماء في العاصي وفي الفراتِ
حِبْرٌ، وصحراءُ الخُطى كلامٌ
أو ورَقٌ، لا فرق، والقلاعُ
جاريةٌ مربوطةٌ، وليلٌ
أجردُ: لا حلمٌ، ولا شُعاعُ.
لا، لَسْتِ أُقحوانْ
أو باقةً من زهَرِ الأخوّهْ
ولستِ إيحاءً ولا نبوّهْ
أو نجمةً تسهرُ عند الجِسرْ
تقرأ ماءَ النّهر ...

وليس فيك سائلٌ
وليس فيك قارئٌ
فأنتِ مرزبانْ
يَصنعُ من جنازةِ الضحيّهْ
خبزًا، ولستِ ناهدَ الصبيّهْ
حينَ يكون الحبّ مهرجانْ.

... – جِلدةٌ أنتِ، لستِ أكثر من جلدةِ معْزى
وإن تناسلتِ
واستأجرْتِ زوجًا وجئتِ للنّاس في ثوبٍ
دمقْسٍ، وسحنةٍ
آدميّهْ
وأنا الدّهرُ والطّريقُ،
أخضُّ البحرَ – موتي سفينةٌ، وبقاياي
انفجارٌ يَجيءُ أو أبجديَّهْ ...

Der Körper des Kiesels

Was ich Geschichte nannte und Beginn
Ist glatt, beschränkt und ohne Leben
Wie des Kiesels Leib
Und was uns hütet
Ist ein Lager für die Spinne
Das Wasser des Asi[14] und des Euphrat
Ist Tinte,
Und die Wüste der Schritte
Ist Wort oder Blätter, einerlei, die Zitadelle
Ist eine angekettete Sklavin, und die Nacht ist ohne Kleid:
Keine Strahlen, kein Traum, nein
Du bist keine Kamille, keine Blume der Brüderlichkeit
Nichts das offenbart und nichts das prophezeit
Kein Stern, der an der Brücke wacht
Und dem Wasser des Flusses die Stimme leiht.

Nichts in dir fragt
Nichts in dir liest
Du bist ein Satrap
Der aus Trauer für das Opfer sein Brot macht
Kein junges Mädchen, dessen Brüste schwellen
Auf dem Liebesfest.

Du bist ein Stück Leder, nichts als ein Stück Leder
Selbst wenn du dich vermehrst und einen Gatten leihst
Und vor die Leute trittst, mit menschlicher Miene, im Seidenkleid
Ich bin das Schicksal und der Weg
Ich mach das Meer erbeben – mein Tod ist ein Schiff, und meine Trümmer
Werden sein: Explosion, Alphabet …

لو سكنت

... لو سَكَنْتِ، كما قلتُ، صوتيَ
لكنتِ اهْتديتِ
للطّريقِ ومعراجِها واكتسيتِ
حلَّةَ السَّالكينْ
يشربونَ الشّموسَ وأَبعادَها
ولكنتِ ارتويتِ
لو سكنتِ، كما قلتُ، صوتيَ
كنتِ العرافَهْ
ومناراتها القُزَحيَّهْ
بين أيامنا الورقيّه
وثلوج المسافهْ،
ولكنتِ اهتديْت ...

Wenn du wohntest

Wenn du, wie ich sagte, meine Stimme bewohntest
So wärst du auf den rechten Weg und seine Höhen
geleitet
Und trügst die Kleidung Reisender
Die die Ferne der Sonnen trinken
Dann wäre dein Durst gestillt.
Wenn du, wie ich sagte, meine Stimme bewohntest
Wärst du die Seherin
Mit einem Leuchtturm wie ein Regenbogen
Zwischen unseren papiernen Tagen
Und dem Schnee der Entfernung –
So wärst du auf den rechten Weg geleitet …

القاعدة

– كي تستوي، كي تكونْ
خُذْ يدَها مِن هنا
خُذْ وجهَها، وابتكِرْ
شِرارةً واستبحْ
زنَّارَها، والكَتِفَ الجامِدَهْ
واشْدُدْ إلى اليَسارْ
مِحْوَرَها الحَرُونْ
وحرّكِ الزّاويةَ القاعِدهْ
وغيّرِ الأساسَ والحِجارْ
وَغيّرِ القاعِدهْ ...

Die Grundlage

Um gerade zu werden, um zu werden
Nimm ihre Hand fort
Nimm ihr Gesicht, schlage
Einen Funken, lös ihr den Gürtel
Und die steife Schulter
Drück
Ihr widerspenstiges Zentrum
Nach links
Stoß den Eckpfeiler um
Ändere
Die Steine und den Grund
Ändere
Die Grundlage.

مرايا للممثل المستور Das Kapitel der Spiegel

مرآة للنوم

Spiegel für den Schlaf

ألبَطَلُ السَّاهِرُ مثلَ موجةٍ
يَنامْ
وأَرضنا صبيَّةٌ
كانت بلا رأسٍ ولا وسادةٍ تَنامْ
والفكرةُ الفرّاسَةُ الحمراءُ
كانَتْ جثَّةً تنامْ
يا رمَدَ الأعضاء يا مسالِكَ الرّطوبَهْ
في جسدي – في جسد العروبه
من أين، كيف أُوقِظُ النِّيامْ؟

Der Held, der wachsam ist wie eine Welle
Schläft ein
Während unsere junge Erde
Ohne Kopf und ohne Kissen schlummert
Der Gedanke des roten Ritters[15]
War ein entschlafener Leichnam
O grauer Star der Glieder, o Wege der Feuchtigkeit
In meinem Körper, im Körper des Arabertums
Wie – und wo – weck ich die Schlafenden?

مرآة لفارس الرفض

Spiegel für den Ritter der Verweigerung

-١-
حُلمٌ بثلاثةِ أقمارٍ
يتحطّم، والجدرانُ رسومٌ
تقطر حبرًا،
والأشجارُ ...

1
Ein Traum mit drei Monden
Wird zerschmettert
Die Wände sind Zeichnungen
Von denen die Tinte tropft
Und die Bäume …

-٢-
كلُّ ينابيع القرى عبّأت
جرارها،
وانكسرت فوقه.

2
Alle Quellen der Dörfer
Füllten ihre Krüge
Um sie über ihm zu zerschlagen.

-٣-
كان وراء صخرةٍ
مُدَثّرًا بالرّفضْ
مظلّلاً بشمس قاسيونْ
يَغوصُ، محمولاً على سحابَهْ،
إلى حنايا الأرضْ
فارسُ هذا الزّمنِ المعجونْ
بالشّمس والكآبَهْ.

3
Hinter dem Felsen
Von Verweigerung bestäubt
Von der Sonne des Qasiyun[16] beschattet
Und von einer Wolke getragen
Tauchte er
In die Falten der Erde
Der Ritter dieser gekneteten Zeit
Geknetet von Sonne und Traurigkeit.

مرآة للسؤال

سألتُ، قِيلَ: الغُصُنُ المغطّى بالنّار، عصفورٌ.
وقيلَ: وجهي
مَوجٌ، ووجهُ العالم المرَايا
وحسرةُ البحّار، والمنارَهْ
وجئتُ، والعالَمُ في طريقي
حِبْرٌ، وكلُّ خَلْجةٍ عباره
ولم أكن أعرف أَنَّ بيني وبينه جسرًا من الأخوّهْ
من خُطوات النّار والنبوّهْ
ولم أكن أعرف أنّ وجهي
سَفينةٌ تبحرُ في شَراره.

Spiegel für die Frage

Ich fragte, da wurde gesagt: Der Zweig, vom Feuer umlodert
Ist Vogel
Es wurde gesagt: Mein Antlitz
Ist Welle, und das Antlitz der Welt
Spiegel, Kummer des Seemanns und Leuchtturm
Ich kam, und die Welt auf meinem Weg
War Tinte, jedes Zittern war Satz
Ich ahnte nicht, daß wir verbunden sind
Durch eine Brücke aus Brüderlichkeit
Aus den Schritten von Feuer und Prophetentum
Ich ahnte nicht, daß mein Antlitz
Ein Schiff ist, das im Funken reist.

مرآة للقرن العشرين

تابوتٌ يلبس وجه الطّفلِ
كتابْ
يُكتَبُ في أَحشاء غُرابْ
وَحشٌ يتقدَّمُ، يحملُ زهرهْ
صَخرهْ
تَتنفَّس في رِئتيْ مجنونْ:

هُوذَا
هُوذَا القرنُ العشرونْ.

Spiegel für das zwanzigste Jahrhundert

Ein Sarg
In das Antlitz eines Kindes gekleidet
Ein Buch
In die Eingeweide eines Raben geschrieben
Eine Bestie
Die eine Blume bringt
Ein Felsen
Der in den Lungen eines Verrückten atmet.

Das
Das ist das zwanzigste Jahrhundert.

مرآة للغيوم

أَجنحةٌ،
لكنَّها من شمعْ،
والمَطرُ الهاطِلُ ليس مطرًا
بل سُفُنٌ لِلدَّمعْ.

Spiegel für die Wolken

Flügel
Aber wächsern wie Kerzen
Und der Regen ist kein Regen
Sondern ein Schiff für die Schmerzen.

مرآة لمعاوية

شَعرةٌ تقرأ الرّياح وتبني
ملكَها في تفجّر البركانِ
في زفير الأمواجِ
والزّمنِ الهائِم بين الإعصار والرّبانِ.

Spiegel für Muawiya[17]

Ein Haar, das Winde liest
Und sein Reich errichtet
Im ausbrechenden Vulkan
Im Tosen der Wellen
In der Zeit, die umherstreift
Zwischen Kapitän und Orkan.

مرآة لخالدة   Spiegel für Khalida[18]

الموجة

خالِدهْ
شَجَنٌ تُورِقُ الغصونْ
حولَه،
خالِده
سَفَرٌ يُغرقُ النَّهارْ
في مياهِ العيونْ
موجةٌ علّمتْني
أَنَّ ضوءَ النّجومْ
أَنَّ وجهَ الغيومْ
وأَنينَ الغُبارْ
زهرةٌ واحده ...

Die Welle

Khalida
Kummer
Den die Zweige umranken
Khalida
Eine Reise, die den Tag
Im Wasser der Augen ertränkt
Wellen, die das Licht der Sterne
Das Antlitz der Wolken
Und das Stöhnen des Staubs
Eine einzige Blume sein ließen.

تحت الماء

نَمنا في ثوبٍ منسوجْ
من عُنّاب اللّيل – الليلُ هَباءٌ، والأَحشاءْ
تهليلُ دمٍ، إيقاعُ صنوجْ
وبريقُ شموسٍ تحت الماءُ.
واللّيلةُ حبلى ...

Unter Wasser

Wir schliefen in einem Kleid, gewebt
Aus dem Judendorn der Nacht
Die Nacht ist Staub
Die Eingeweide singen Blutes Pracht
Der Rhythmus von Zimbal
Und der Glanz von Sonnen unter Wasser:
Schwanger ist die Nacht.

الموت

بَعد هذي الثواني يجيءُ الزّمانُ الصّغيرْ
وتجيءُ الخطى والدروب المعادَهْ
بَعدَها تهرم البيوتُ
بَعدَها يُطفئُ السريرْ
نار أَيّامهِ ويموتُ
وتموتُ الوسادهْ.

Der Tod

Nach diesen Sekunden kommt die junge Zeit
Kommen die Schritte und die Wege, die
zurückführen
Nach ihnen werden die Häuser morsch
Nach ihnen löscht das Bett
Das Feuer seiner Tage und stirbt
Das Kissen stirbt.

الضياع

مَرّةً، ضعتُ في يديكِ، وكانَتْ
شفتي قلعةً تحنُّ إلى فتحٍ غريبٍ
وتعشَقُ التّطويقا.
وتقدّمتِ،
كانَ خصركِ سلطانًا،
وكانت يداكِ فاتحةَ الجيش،
وعيناكِ مخبأً وصديقا
والتحَمْنا، ضعنا معًا، ودخلْنا
غابةَ النّار – أرسم الخُطْوةَ الأولى إليها
وتفتحينَ الطّريقا ...

Die Verirrung

Einmal verirrte ich mich in deinen Händen
Meine Lippen waren eine Zitadelle, die sich
Nach einer fremden Eroberung sehnt
Und die Umzingelung liebt
Du rücktest vor
Deine Taille war der Herrscher
Deine Hände waren des Heeres erste Sure,
Deine Augen waren Zuflucht und Freund
Wir waren verschlungen, verirrten uns gemeinsam, betraten
Den Wald aus Feuer – ich plane den ersten Schritt
Und du bahnst den Weg …

تعب

ألتعبُ القديمُ حول البيتْ
صارت له جرارٌ
وشرْفةٌ
يَنام في أكواخها، يغيبُ، كم قلقنا
عليه في أسفارهِ، ركضنا
نَطوفُ حول البيتْ
نسأَل كلّ عشبةٍ، نُصلّي
نَلمحه، نصيح: كيفَ، ماذا، وأَينَ؟ كلُّ ريحٍ
أَتتْ
وكلّ غصنٍ
أتى
وما أتتْ ...

Müdigkeit

Die alte Müdigkeit um das Haus
Verwandelte sich in Krüge
Und Balkone für ihn
Er schläft in ihren Hütten, er fehlt
Ach wie oft machten wir uns Sorgen um ihn, wenn er verreiste
Wir liefen um das Haus
Fragten jeden Grashalm, beteten
Schauten umher, riefen:
Wie, was, wo?
Alle Winde kamen
Alle Zweige kamen
Doch du kamst nicht …

مرآة الزلاجة السوداء

Spiegel für einen schwarzen Schlitten

هل قلتَ: وجهيَ مركبٌ، جسدي جزيرَهْ
والماء أعضاءٌ تحنّ؟
وقلتِ: صدركَ موجةٌ
ليلٌ يهرولُ تحت نهدي …
والشّمسُ محبسيَ القديمُ الشَّمسُ محبَسي
الجديدُ
والموتُ أغنيةٌ وعيدٌ؟
أَسمعتِني؟ أنا غير هذا اللَّيل، غيرُ سريره اللّزج
المُضاءِ

Sagtest du, Mann: Mein Gesicht ist ein Schiff, mein
Körper eine Insel
Und das Wasser Glieder, die sich sehnen?
Sagtest du, Frau: Dein Busen ist eine Welle
Eine Nacht, die unter meiner Brust sich regt
Die Sonne ist mein altes, ist mein neues Gefängnis
Und der Tod ein Fest und ein Lied
Hörst du mich?
Ich bin nicht diese Nacht
Nicht ihr weiches, nicht ihr leuchtendes Bett.

جسدي غطائي –
نَسْجٌ حبكتُ خيوطَهُ
بدمي وتهتُ، وكان في جسدي متاهي
أعطيتُ لِلورق الرّياحَ، تركتُ أهدابي ورائي
حاجَيْتُ، من غضبٍ، إلَهي
وسَكَنْتُ إنجيلَ الرّضاعَهْ،
كي أكشفَ الحجر المسافر في ردائي …

Mein Körper ist meine Decke
Ein Gewebe, dessen Fäden ich flocht
Mit meinem Blut, dann verirrte ich mich
Im Labyrinth meines Körpers
Ich gab den Blättern die Winde
Ließ meine Wimpern hinter mir
Gab meinem Gott, aus Zorn, ein Rätsel auf
Und bewohnte das Evangelium des Stillens
Um den Stein zu finden
Der in meinen Kleidern reist.

أعرفتِني؟ جسدي غطائي
الموتُ أغنيتي وقصرُ دفاتري
والحِبْرُ لي دفترٌ وقاعَه
كُرةٌ تقاسمَها اليَبابُ وشيّختْ فيها السماءُ
زلاّجةٌ سوداءُ يسحبُها التفجُّعُ والبُكاءُ.

Erkanntest du mich? Mein Körper ist meine Decke
Der Tod ist mein Lied und das Schloß meiner Hefte
Die Tinte ist mir Kronsaal und Grab
Eine Erdkugel, von der Wüste geteilt
Und wo der Himmel alterte
Ein schwarzer Schlitten, den der Schrecken und die
Tränen ziehen.

أَتبعتِني؟ جسدي سمائي.
أَشرَعْتُ أرْوقةَ المدى
ورسمت أهدابي ورائي
طُرقًا إلى وثَنٍ عتيقٍ

Bist du mir gefolgt?
Mein Körper ist der Himmel
Ich spannte die Zelte der Weite auf
Und malte hinter mir meine Wimpern
Als Wege zu alten Götzen.

أتبعتِني؟
جسدي طريقي.

Bist du mir gefolgt?
Mein Körper ist der Weg.

مرآة لجسد عاشق

Spiegel für den liebenden Körper

أَلجَسَدُ العاشقُ، كلَّ يوم،
يذوبُ في الهواءِ – صارَ عِطْرًا
يدورُ، يَستحْضِرُ كلَّ عِطْرِ
يأتي إلى سريرهِ
يُغطّي
أحلامَه، ينْحلُّ كالبخورْ
يعود كالبخورْ.

Ein Körper, der liebt
Zergeht im Wind, jeden Tag
Wird zu Duft
Wirbelt, verkörpert alle Düfte
Geht zu Bett
Deckt seine Träume zu
Verteilt sich wie Weihrauch
Und kehrt, wie Weihrauch, zurück.

أَشعارُه الأولى عذابُ طِفْلٍ
يضيعُ في دوّامةِ الجُسورْ
يجهلُ أنْ يظلَّ في مياهها، ويَجهلُ العُبورْ.

Seine erste Dichtung ist der Schmerz eines Kindes
Es versinkt im Strudel der Brücken
Es weiß sich nicht über Wasser zu halten
Es weiß nicht zu gehen über Brücken.

مرآة لجثة الخريف

Spiegel für den Leichnam des Herbstes

هل رأيتَ امرأةْ
حَمَلت جثّةَ الخريفْ؟
مزجت وجهَها بالرّصيفْ
نَسَجَتْ من خيوطِ المطَرْ
ثوبَها
والبَشرْ
في رماد الرّصيفْ
جمرةٌ مُطفأةْ.

Hast du die Frau gesehen
Die die Leiche des Herbstes trug?
Sie mischte ihr Antlitz mit dem Pflaster der Straße
Und wob aus den Fäden des Regens ihr Kleid
Die Menschheit
In der Asche der Straße
War ein erloschener Scheit.

مرآة لأبي العلاء

أذكر أنّي زرتُ في المعرّه
عينيكَ، أصغيتُ إلى خُطاكْ
أذكرُ أَنَّ القبر كان يمشي مقلِّدًا خُطاكْ
وكانَ حول القبرْ
صوتُكَ، مثلَ رَجّةٍ، ينامْ
في جَسَدِ الأيام أو في جسدِ الكلامْ
على سرير الشِّعرْ

ولم يكن هناك والدكْ
ولم تَكُ المعرَّةْ ...

Spiegel für Abu Ala[19]

Ich entsinne mich, ich besuchte
In Maara deine Augen, lauschte deinen Schritten
Ich entsinne mich, das Grab
Ahmte deine Schritte nach
Und in seiner Nähe schlief
Deine bebende Stimme
Im Körper der Tage, im Wort
Im Bett der Poesie.

Deine Eltern waren nicht mehr dort
Und selbst Maara gab es nicht.

مرآة للعين والزمن

غَنَّيتُ، قلتُ لأيامي: رفعتُ دمي
مدائِنًا تَلِدُ الإيقاعَ قلتُ لها
مددْتهُ غُصُنًا يشتاقُ، يحملني
في نُسْغِهِ، ويضيء الموتَ والكفنا
غنّيتُ، قلتُ لأيامي: أبَحْتُ دمي
(وربّ جوهر علمٍ لو أبحتُ به
لقيل لي: أنت ممن يعبد الوثَنا)
غنّيتُ، قلت ... فصلْتُ الحُلْمَ عن هُدُبِ
يخيطُه، ومزجتُ العينَ والزَّمنا.

Spiegel für das Auge und die Zeit

Ich sang und sagte zu meinen Tagen:
Ich habe mein Blut zu Städten aufgetürmt, die den Rhythmus gebären
Ich sagte ihnen, ich strecke es hin als Zweig, der sich sehnt
Der mich in seinem Saft forträgt, den Tod erleuchtet und das Leichentuch
Ich sang und sagte zu meinen Tagen: Ich verriet mein Blut
(Gott wäre die Essenz der Welt, wenn ich ihn verriete
Mir wurde gesagt: Du gehörst zu denen, die Götzen anbeten)
Ich sang und ich sagte ...
Ich trennte den Traum von den Wimpern
Die ihn nähen, und mischte das Auge und die Zeit.

مرآة لأورفيوس

قيثارُكَ الحزينُ، أُورفيوسْ
يعجَز أنْ يغيِّر الخميرَهْ
يجهلُ أنْ يصنعَ للحبيبة الأسيرهْ
في قفص الموتى سريرَ حبٍّ يحنُّ أو زندْين أو
ضفيرهْ

يموتُ من يموتُ، أُورفيوسْ
والزّمن الرّاكِضُ في عينيكْ
يكبو، وفي يديكْ
ينكسرُ القِيثارْ

ألمحك الآن على الضفافْ
رأسًا، وكل زهرةٍ غِناءٌ
والماءُ مثل صوتٍ،
أسمعك الآن أراكَ ظلاًّ
يفرُّ من مدارهِ،
ويبدأ الطّوافْ ...

Spiegel für Orpheus

Deine klagende Leier, Orpheus
Kann das Ferment nicht ändern
Für die Geliebte, bei den Toten gefangen
Baut sie kein Lager für das Verlangen
Hat keine Arme oder bloß einen Zopf.

Wer stirbt, Orpheus, der stirbt
Und die Zeit, die in deinen Augen rennt
strauchelt, in deinen Händen
Bricht die Leier entzwei.

Ich sehe dich nun am Ufer als Kopf
Und jede Blume ist Klang
Das Wasser ist ein Gesang –
Ich höre dich nun, ich sehe dich, ein Schatten
Der seine Bahn verläßt
Und die Wanderschaft aufnimmt.

مرآة الطواف

بعد نار الطوافِ،
بعد رحيقِ الجرحِ والحلمِ في سرير القطافِ
سطعَتْ شهوةُ العلوّ، تَسلّقتُ حنيني ونارَهُ،
ورحلْنا
عن بلادٍ نَزّازةٍ طحلبيّه
في بساط الخليقةِ الشفّافِ
وأنا اليوم نكهةٌ كوكبيّهْ
أتمرأى، وأصهرُ الدّهرَ مرآة انخطافٍ لوجهيَ
العرّاف
للنّهارِ المَسْنُونِ كالقلب، للفَتْح
لِسحرِ الأبعادِ والأطرافِ.

Spiegel für den Rundgang[20]

Nach dem Feuer des Rundgangs
Nach dem Nektar der Wunde und des Traums
Im Bett der Lese
Erstrahlte das Begehren nach den Höhen
Erklomm ich meine Sehnsucht und ihr Feuer
Und wir verließen das Land des Mooses und der
Nässe
Auf dem transparenten Teppich der Schöpfung
Heute bin ich Sternenduft
Und schmelze das Schicksal für mein Sehergesicht
zum Spiegel des Raubes ein
Für den Tag, geschliffen wie ein Herz, für die
Eroberung
Für den Zauber der Entfernungen und Ränder.

مرآة الطريق وتاريخ الغصون

Spiegel für den Weg und die Geschichte der Zweige

—١—

I

لا خليجُ المرايا ولا وردةُ الرياحْ:
كلّ شيءٍ جناحْ
طالعٌ في دمي، في الحقولْ
سابِحٌ في مدار الفصولْ

Nicht die Bucht der Spiegel, noch die Rose der Winde
Alles ist Flügel
Flügel, der sich aus meinem Blut, aus Feldern emporschwingt
Flügel, der im Kreislauf der Jahreszeiten schwimmt.

حيث آخيتُ وجهي مع العشب واستسلمتْ خُطايا
لحنين المرايا
ورأيتُ العناصرَ تبكي وتفتحُ جرح الأُخوّهْ بيننا، وعرفت الإشارهْ
أنّني أولِ البشارهْ
أنني نبتةٌ من الشرق في روضة النبوّهْ.

Ich verbrüderte mein Antlitz mit dem Gras und lieferte meine Schritte
Der Sehnsucht der Spiegel aus
Ich sah die Elemente weinen und die Wunde der Brüderschaft aufreißen zwischen uns
Das Zeichen lehrte mich
Daß ich der Anfang der Frohbotschaft bin
Daß ich eine Pflanze des Orients im Garten des Prophetentums bin.

لا خليجُ المرايا ولا وردةُ الرياحْ
كلّ شيءٍ طريقْ
ألحدودُ وراياتُها والحريقْ
والسّدودُ، واللّقاءُ ومعراجهُ
الصَّوتُ، صوتيَ في راحتيّ،
العصافيرُ تنأى وتترك أسماءَها في الغصونِ
الغصونُ وتاريخُها –

Nicht die Bucht der Spiegel, noch die Rose der Winde
Alles ist Weg
Die Grenzen und ihre Fahnen, die Brände
Und Barrikaden, die Begegnung und die Himmelfahrt
Die Stimme, meine Stimme in meiner Hand
Die Vögel, die fortziehen und ihre Namen in den Zweigen lassen
Die Zweige und ihre Geschichte.

– فتحنا
وطَنًا آخرًا وسرنا
في وداع العصافير، كنّا
لتبريجها فضاءً،
رحلنا
مثلها ...
كلّ شيءٍ طريقٌ،

Wir eroberten
Ein anderes Vaterland
Nahmen Abschied von den Vögeln, waren
Der Raum für ihre Leidenschaften.
Und zogen fort
Wie sie ...
Alles ist Weg.

حضنّا مراراتِنا، صعدنا
في بكوريّةِ الأعالي
لابسين الرّموز، اصطبغنا، صبغنا غلالاتِها بالأعالي

Wir umarmten unsere Bitternisse
Stiegen zur Jungfräulichkeit der Höhen auf
Gewandet in Symbole, wurden wir getauft
Und tauften mit den Höhen das Gewand

والحَمامُ الذي يتناسلُ في وجهِنا طَريقُ
والسّرابُ ومزمارُه طريقٌ
كلّ شيءٍ طريقْ
والوجوهُ التي تتَناسخُ في غُبْرةِ الطَّريق
والوداعُ المُرابطُ في وحشة الطَّريقْ –

Die Tauben, die sich vor unseren Augen vermehren,
sind Weg
Die Fata Morgana und ihre Flöten sind Weg
Alles ist Weg
Die Gesichter, die aufeinander folgen im Staub des
Wegs
Und der Abschied, der lagert in der Verlassenheit de
Wegs.

– يا زمانَ المطرْ
أعْطِنا، وابتكرْ للشَّجر
غيمةً – حلّةً من هوانا
واسْقِ من حَنَّ، من سقانَا
يا زمانَ المطرْ ...

– O Zeit des Regens
Gib uns, gib dem Baum
Aus unserer Liebe
Eine Wolke, ein Gewand
Und tränke den, der sich sehnt
Die, die uns labten
O Zeit des Regens …

بغتةً، صار بيني وبين الطَّبيعهْ
لُغةٌ ورسائلُ، صارَ الهواءُ
دَرَجًا، صرتُ أمشي
بين عينيّ والفضاءْ
سائِحًا في ثيابِ الطَّبيعَهْ:

Zwischen mir und der Natur gab es
Unverhofft
Eine Sprache und Briefe, wurde die Luft
Zur Treppe, begann ich
Zwischen meinen Augen und dem Raum
Umherzustreifen in den Kleidern der Natur:

– إنْ تكن يا بريدَ المسافهْ
فارسًا، فحنيني
فَرَسٌ، إن تكن صحارَى
فيداي القوافِلُ، إن كنتَ نارا
فأنا عاشِقٌ غريبٌ تيمَّمتُها، والعِرافَهْ
كوكبي، يا بريدَ المسافَهْ ...

O Post der Weite, bist du Ritter
So ist meine Sehnsucht
Dein Pferd, bist du Wüste
So sind meine Hände Karawanen, bist du Feuer
So bin ich der Liebende, der ihm naht
So ist mein Stern
Hellseherei, o Post der Weite …

– ٢ –

2

رافقَتْني الرّياحُ وأحجارُها النبويّهْ:
حجَرٌ سيّدُ المدينَهْ
حجَرٌ خادِمُ المدينَهْ
حَجَرٌ واسعٌ يتدحرجُ في خاتَمِ الخليفَهْ

Winde geleiteten mich, prophetische Steine:
Ein Stein ist der Herr der Stadt
Ein Stein ist der Diener der Stadt
Ein riesiger Stein wälzt sich im Siegelring des Kalife

حَجَرٌ نجمَةٌ خفيفه
علّقته الصَّبايا
بين أحلامهنّ الأليفَهْ
وعيون المرايا.

Ein Stein – leichter Stern
Von jungen Mädchen aufgehängt
Zwischen zahmen Träumen
Und den Augen der Spiegel.

– أَستودِعُ الحجَرْ
ما يتركُ النّهارُ من حطامِه
في سفري، ما يتركُ السَّفَرْ
فللحجَرْ
خيطٌ من الرّاحةِ، في نسيجِهِ
عيناي والغاباتُ والمطَرْ
وللحجَرْ
مدينةٌ تولَد كلّ ليلَةٍ
أبحثُ في شقوقِها، أركض – كلّ ساحرٍ
يضيعُ في مدينةِ الحجَرْ

Ich überlasse dem Stein
Die Trümmer des Tags auf meiner Reise
Das, was von meiner Reise bleibt
Dem Stein
Bleibt ein Seil aus Ruhe
In seinen Strängen sind meine Augen
Sind Wälder und Regen
Dem Stein
Bleibt eine Stadt, die jeden Tag entsteht
Ich durchsuche ihre Schluchten, laufe umher –
Jeder Zauberer verirrt sich in der Stadt aus Stein.

لكنّني أَستودِعُ الحجَرْ
ما يتركُ النّهارُ من حُطامِه
في سفري، ما يتركُ السَّفَرْ ...
رافقَتْني الرّياحُ وأحجارُها النّبويهْ
والذين يسيرون في النار، يسْتَنْبتونْ
شَجَر الحلْمِ، يفتحونْ
في رمادِ العصافيرِ بوّابةً ...

Ich überlasse dem Stein
Die Trümmer des Tags auf meiner Reise
Das, was von meiner Reise bleibt
Winde geleiteten mich, und prophetische Steine
Die im Feuer reisen
Pflanzen den Baum des Traums, öffnen eine Tür
In der Asche der Vögel.

– ... وسرنا
خطواتٍ من القمح، سرنا ...

… und wir gehen
Mit Schritten aus Weizen, wir schreiten …

يرونَ الطريق أغاني
وخطاهم ينابيعُها ...

Sie halten den Weg für Lieder
Deren Quellen ihre Schritte sind.

– التقينا
بين عنْق الطريق وأردافِها ...

… wir trafen uns auf dem Weg
Zwischen seiner Kruppe und dem Hals…

الطّالعونْ
من قِلاعِ الهجوم
يمدّون سلطانهم في تخوم الغرابَةِ في أوّل
النّباتِ ...

Die aus der Zitadelle der Attacke kommen
Dehnen ihre Herrschaft zu der Fremdheit Grenzen
aus
Zum Anfang der Pflanzen.

– انحنينا ...

… wir verbeugten uns

للطريق وأعشاشِها	Vor dem Weg und seinen Nestern
رأينا	Wir sahen
سحرَ أبعادِها	Den Zauber seiner Ferne
سمعنا	Wir hörten
صوتَها …	Seine Stimme.
العاصفونْ	… wir Stürmenden
ألذين يجيئونَ كالوقت …	Die kommen wie das Ende der Zeiten …
– عينُ الغرابَهْ	Das Auge der Fremdheit
مطرٌ أو سحابَهْ	Regen oder Wolken
تحت أهدابِنا	Unter unseren Wimpern
عجبنا	Wunderten wir uns:
كيف لم يفْتح الجُنونْ	Warum öffnet der Wahn nicht seine Fenster
لخطانا شبابيكَه، عجبنا …	Unseren Schritten, wunderten wir uns.
والذين يرجّون ماء العصورِ …	Die das Meer der Epochen peitschen
– انتشلْنا	… wir retteten
وطَنًا عائمًا …	Ein schiffbrüchiges Vaterland …
يسمّون ما لا يُسمّىْ	Die benennen, was nicht benannt werden kann
يكسرونَ الحدودَ وأقفالَها، يُنْشِئونْ	Die die Grenzen durchbrechen, Schlösser sprengen
طُرقًا في الطّريقِ، يَسِيرون قدّامها …	Die auf dem Weg Wege gründen und sie verlassen.
… – استمعنا	… wir hörten unser Echo
لصدانا يسافر في العشب،	Reisen im Gras, unser Echo
يقبل من آخر البحر …	Zu uns kommen vom Meer …
يهوون في لجّة الحلْم	Die tauchen in den Graben des Traums
… – كنّا	… wir waren
ذَهبَ اللّيلِ والصّحارَى	Das Gold der Nacht und der Wüsten
فوق غرناطةٍ، في بخارى …	In Granada, in Buchara[21] …
والذين يسيرونَ بين التحوّل والنّارِ	Die schreiten zwischen Verwandlung und Feuer
– سرْنا،	… wir schritten …
كلهم رافقوني …	Sie alle geleiteten mich dorthin.

... حيثُ تقصُّ الشمس، بعدَ النّومْ	... wo die Sonne, sobald sie aufwacht
عليّ كلّ يومْ:	Mir jeden Tag erzählt:
... – ونادرُ الأسوَدْ	Und Nadir[22], der Schwarze
يقرأ باسمِ اللهِ والشقاءْ	Rezitiert im Namen Allahs und des Elends
أسطورةَ الخبز وشعرَ الماءْ	Die Legende vom Brot und die Gedichte vom Wasser
ونادرُ الأسودْ	Nadir, den Schwarzen
تحمله الأشجارْ	Tragen die Bäume
وكلّ غصن قبضةٌ وسيفْ	Jeder Ast ist ein Schwert, eine Faust
ينضج قبل الصّيفْ	Vor dem Sommer gereift
ينضجُ بعد الصّيفْ	Nach dem Sommer gereift
ونادر الأسود	Nadir, der Schwarze
هاجَرَ كي يرجعَ في تشرينْ	Wandert aus, um zurückzukehren
في أول الأمطارْ ...	Im Oktober, wenn der Regen beginnt
... حيث رأى مهيارْ	Mihyar sah
كيفَ تجيءُ الشّمسُ كلّ يومْ إليّ، بعدَ النّومْ	Wie jeden Tag, sobald sie aufwacht, die Sonne zu mir kommt
حيثُ يصير الماءْ	Und das Wasser vom Schluchzen
من لهفة، نافورةَ الحريقْ	Zur Fontäne aus Feuer sich wandelt
حيثُ يكونُ الحجرُ الضّائعُ في الطريقْ أجرأ من مدينَهْ.	Mutiger noch als die Stadt.
–٣–	3
تَفْتَحُ الأرضُ بيتَها	Die Erde öffnet ihr Haus
تبدأ الأرضُ خطاها معي،	Die Erde beginnt, mit mir zu gehen.
– معي غَضَبُ الأرضِ، هواها، سطوحُها الوحشيّهْ	Mein ist der Zorn der Erde, mein ist die Liebe der Erde
والدّمُ السيّد، الدّمُ الآمِرُ، الطالعُ من بُؤرةِ الزّمانِ القصيّه	Die verwilderte Oberfläche, das herrschende Blut, das befehlende Blut Das aufsteigt aus dem Brunnen der fernen Zeit.
تفتح الأرض بيتها،	Die Erde öffnet ihr Haus.

– سرّة الأرض سريرٌ
كلّ التواريخ عقدٌ يتدلّى حولي ...
وتاريخُنا ينضجُ:

Der Nabel der Erde ist ein Bett
Und die Geschichte eine Kette, die mich umschling
Unsere Geschichte schwitzt:

... فينا الجَمر، الضحايا
وفينا
شهوةُ الملح، شهوة الكوكب الجامح فينا،
وصحوةُ الجنسِ في اللّيل، وقربانهُ
وتسبيحةُ المرأة انهارَتْ على صدرِ فاتحٍ يُغلق
التّاريخَ،
فينا الدّمُ الغيورُ الغرابيُّ الغَريب المقدّسُ
المسفوكُ
والرّقيقُ: المليكُ والمملوكُ.

… in uns sind die Glut, die Opfer
Die Lust des Salzes
Die Lust der trotzigen Sterne
Die Wachheit des Geschlechts in der Nacht und
seine Gabe
Die Lobpreisung der Frau
Die auf der Brust des Eroberers zerschellt
Der die Geschichte verschließt
In uns fließt das eifersüchtige, heilige, vergossene Bl
Das Blut eines Raben, versklavtes Blut:
besitzergreifend und besessen.

... – كلّ شيءٍ كما كان والثّائرونْ
أصدقاءُ الرياح
يجرحون النّهار يسيرون بين الجراحْ ...

Alles wie immer, die Rebellen
Die Freunde der Winde
Verwunden den Tag und wandern zwischen Wunde

غير أني أسير، أسمّي، أردّ إلى كلماتي
سِحْرَ تكوينها، أسمّي
بالجذور وإيقاعها، أسمّي
شَجرَ الخَلْجَة النبيّة في أول الفُصولْ
حيث لا يعرفُ الدّخانْ
أنّ بين الحقولْ
وينابيعيَ الخفيَّةْ
سقطَتْ جثّةُ المكانْ
في دهاليزها الأبديّةْ.

Ich jedoch gehe, gebe Namen, gebe den Wörtern
Den Zauber ihres Anfangs zurück, benenne
Die Wurzeln und ihren Rhythmus, benenne
Den Baum des prophetischen Zitterns an der
Jahreszeiten Beginn
Wenn der Rauch noch nicht weiß
Daß zwischen den Feldern
Und meinen verborgenen Quellen
Der Leichnam des Ortes fiel.

... وأُسمّي، وطفَّحت أنهاريَ البشريّه
غضبًا ينسجُ الخيوطْ
بين صوتي وأمواجه، والشّطوطْ
قوسُ نارٍ – حضنتُ الحريقْ
وقشرتُ المكانَ، جعلتُ المكانْ
زهرًا يقرأ الطّريقْ
والخطى ترْجمان.

Ich benenne, und der Menschenfluß
Läuft über vor Zorn, einem Zorn, der die Fäden we
Zwischen meiner Stimme und der Welle, während
die Ufer
Bögen aus Feuer sind – ich umarme den Brand
Und schäle den Ort, mache ihn
Zu einer Blume, die den Weg entziffert
Während die Schritte der Dolmetsch sind.

ورأيتُ أغانيَّ تمشي وتنسجُ أقدامُها الشّباكْ
لطيور الكآبَةْ
ورأيتُ أغانيَّ تلهو، تعدّ التراب
حبّةً حبّةً، والعذابْ
نائمٌ في السّوادِ على ضفّةِ الغرابَةْ.
كانت الريحُ عينين مسنونتينْ
تخترقان الظّلامَ وعاداتِه، تجرحانْ
جسَدَ اللّيلِ، تشربانْ
دمَه الأسودَ، المصفّى
حينما تصعد المقابرُ أو يسقطُ المَلاكْ
كانت الريح جنّيةً والأغاني
وجهها واليدينْ ...

Ich sah die Lieder gehen und die Füße
Netze weben, um die Vögel der Schwermut zu fangen
Ich sah die Lieder scherzen, und Staubkorn für
Staubkorn
Die Erde zählen, sah die Qualen
In der Schwärze am Ufer der Fremdheit schlafen.
Der Wind war wie zwei geschärfte Augen
Sie durchdrangen die Dunkelheit und ihre Bräuche
Sie verletzten den Körper der Nacht, sie tranken
Ihr schwarzes, geläutertes Blut
Wenn die Gräber sich heben oder die Engel fallen
Der Wind war eine Fee, und die Lieder
Waren sein Gesicht und seine Hände.

... – ونادر الأسودْ
كان الصّدى، وكان
يجلس بين القمرَ الجائعِ والبستانْ
يكتشفُ الظلّ، يغطّي جوعه وكانْ
كالدّهر،
فلاّحًا من الفراتْ
يخيطُ جرحَ الماءْ
يمشي وتمشي خلفه السّماءْ.

Und Nadir, der Schwarze
War das Echo
Er saß zwischen dem hungrigen Mond und dem
Garten
Er enthüllte den Schatten und verschleierte seinen
Hunger
Er war wie die Zeit
Ein Bauer vom Euphrat
Der die Wunde des Wassers näht –
Er geht, und der Himmel geht hinter ihm her.

حيث تجيء الشمس بعد النّومْ
إليَّ، كلَّ يومْ
حيث يصير الماءْ
من لهفة نافورةَ الحريقْ
حيثُ يكون الزّهرُ الضائع في الطّريقْ
أجْرأ من مدينَهْ.

Dorthin, wo jeden Tag, sobald sie aufwacht, die
Sonne zu mir kommt
Und das Wasser sich vom Schluchzen
Zur brennenden Fontäne wandelt
Mutiger noch als die Stadt.

-٤-

4

– من أين أتيتْ؟
– مِن أرض الموتى، من أجران الدّمع أتيتْ
لم أسكن بيتْ ...

Woher kommst du?
Aus dem Land der Toten, aus dem Becken der Tränen
Ich bewohnte kein Haus.

وحينما نزلتُ في مقبره	Und als ich ins Grab hinabstieg
والشّمسُ تلتفّ على كاحلي	Und wie ein Grashalm die Sonne sich
كالعشبة المسكره	Unter meiner Ferse krümmte
حملتُ للجوعِ قرابينه	Brachte ich dem Hunger seine Opfergaben
كان دمي أُضحيةً هاجرت	Mein Blut war das Brandopfer
إلى غدٍ آخرٍ	(Es wanderte zu einem anderen Morgen aus)
كانت يدي مجمره ...	Und meine Hand war die Räucherschale
ولم أجد في أول المقبره	Am Anfang des Grabs fand ich nichts
ولم أجد في آخر المقبره	Am Ende des Grabs fand ich nichts
غيرَ الأطفالْ	Außer Kindern
كانوا وعد الأرض الحبلى	Sie waren das Versprechen der trächtigen Erde
كانوا المدّ العاليَ والأمواجَ الحُبلى والشّلاّلْ ...	Die hohe Flut, die schwangeren Wellen, der Wasserfall.
– من أين أتيتْ؟	– Woher kommst du?
– كنت أُغامر في الغاباتْ	– Ich streunte in den Wäldern umher
أركضِ خلف الجنّياتْ	Lief den Feen nach
أحلم أنَّ الجنيَات	Ich träumte, die Feen seien
خبزٌ ...	Brot.
... ومرَّ عصفورٌ بلا هويّهْ	Ein namenloser Vogel flog vorüber
من فَلواتِ الطيّرْ	Er kam aus der Weite der Vögel
والتمَّتِ الأرضُ كمزهريّهْ	Und die Erde war ein Krug
للّيلِ، للبقيَّهْ	Für die Nacht
من زهرِ الصّبيرْ.	Für einen Blumenstrauß aus Wolken.
– من أينَ أتيت؟	– Woher kommst du?
– كنتُ حطّابًا عبدتُ الشّجرَهْ	– Ich war ein Holzfäller, ich betete den Baum an
وغرزتُ الفأس في أهدابها ...	Und pfropfte die Axt auf seine Wimpern …
– كيف أتيتْ؟	– Wie kamst du her?
– جئتُ في قافلةِ الرّعب وراياتِ الجنونْ	– Ich kam mit der Karawane des Schreckens, mit den Fahnen des Wahns
في بقايا فأسيَ المنكسرَهْ	In den Trümmern meiner zerbrochenen Axt
مُرهقًا يحمل تاريخَ الغصونْ ...	Gleich einem, der mit seinen Kräften am Ende ist Und die Geschichte der Zweige trägt.

-٥- 5

مهيارْ
يهبطُ في محيطِ قاسيونْ
في برَدى، في فجوةِ السَّقيفَهْ
في الغُوطةِ المفكوكةِ الأزرارْ
في اللَّيلِ – محمولاً على قطيفه:

Mihyar[23]
Kommt herab am Fuß des Qasiyun[24]
Im Barada[25], durch die Pforte des Laubengangs
In der Ghuta[26], die nachts ihr Kleid aufknöpft
Mihyar kommt, getragen auf Samt:

– شقائقُ النّعمانْ
والحجر الماسيّ والقنّب والرّمان
حشدٌ من الفرسانِ في إيوان قاسيونْ.

– Anemone, Hanf, Granatapfel, Diamant
Versammeln sich zur Tafelrunde
Im Rittersaal des Qasiyun.

حيث تصيرُ النّارْ
بحيرةً، ويُولَدُ العصفورْ
في ورَقِ اللّوتس، حيثُ الماءْ
سفينةٌ تقلّ للأبناء من مقابرِ الآباءْ
مجامرَ البخّورْ:

Das Feuer wird zu einem See
Und der Vogel wird in Lotosblättern geboren
Das Wasser ist ein Schiff, das für die Söhne
Die Räuchergefäße aus den Gräbern der Väter bringt:

... – تحتَ وجه الفسيفساءِ تربّعنا ...
وغلغلتُ في ضبابِ الأريكَهْ
في دُوارٍ، في حضنِ غيبوبةٍ خَضْراءَ
في طعم جنّة
وسمعتُ البحرَ يبكي أمواجَه المنهوكَهْ ...

– Wir hockten uns hin vors Mosaik
Ich tauchte in die Wolken des Sofas
In den Schwindel, in die Arme grüner Ohnmacht
In den Geschmack des Paradieses
Ich hörte, wie das Meer seine abgekämpften Wellen beweint.

ساطعٌ
لهبيّ التّحوّلِ هذا الزّقاقُ – الحجارُ مرايا:

Strahlend
Und flammend vor Verwandlung.
Diese Gassen – ihre Steine sind Spiegel

حجرٌ سيّدُ المدينَهْ
حجرٌ فارسُ المدينَهْ

Der Stein ist der Herr der Stadt
Der Stein ist der Ritter der Stadt

قاطعٌ يتقدّم يجتاحُ يدخلُ في مقتلِ المدينه ...
عجلاتُ النّهار ارتختْ، والمدينَهْ
أسلمتْ وجهَها المدينَهْ
حيثُ تقصُّ الشّمس بعدَ النّومْ
عليّ، كلّ يومْ:

Unerbittlich rückt er vor, fegt fort, begeht Mord an der Stadt …
Die Räder des Tags geben nach, und die Stadt
Liefert aus ihr Gesicht
Wo die Sonne, sobald sie aufwacht, mir jeden Tag erzählt:

... – ونادرُ الأسودْ

Und Nadir, der Schwarze

كالدَّهرِ، فلاّحٌ من الفراتْ
يخيطُ جرحَ الماءْ
يمشي وتمشي خلفَه السَّماءْ ...

Dem Schicksal gleichend, ein Bauer vom Euphrat
Näht die Wunde des Wassers
Schreitet voran, und der Himmel schreitet hinter
ihm her.

مهيارْ
جِسرٌ إلى الهُبوطِ حتّى السِّحرِ والشّقاءْ
في الجسدِ الأرضيِّ أو جسدِ السَّماءْ –

Mihyar
Eine Brücke hinüber zum Sündenfall
Zu Elend und Zauber
Im Leib der Erde
Im Leib des Himmels.

... – جسدي هنا، جسدي هنالك ساحرٌ
صوتٌ يئنُّ بلا صدًى
يرتاد يفتتحُ المدى
هو والمدى ...

Mein Leib ist hier, mein Leib ist dort, ein Magier
Eine Stimme, die ohne Echo stöhnt
Die kommt und geht, sich die Weiten erschließt
Meinen Leib sich erschließt und die Weiten ...

فصلته جارحةُ البرُوقِ عن الدَّمِ اللّزجِ الهزيلْ
جسدي قِبابُ الأرزِ، والنّهرُ المسافرُ،
والنّخيلْ ...

Der Blitz, der die Wunde schlug, befreite ihn von
seinem klebrigen, dünnen Blut
Mein Leib ist die Krone der Zeder, der verreiste Flu
und die Palmen.

كلّ شيءٍ كما كان، والثائرون
أصدقاءُ الرّياحْ
فقراء الزوايا وأطفالُها والنساء البقايا
يجرحون النّهارَ يسيرون بين الجراحْ
كلّ شيءٍ كما كان: كفّاي مثقوبتانْ
والصّدى يشربُ النّزيفْ
كلّ شيءٍ كما كانَ: عيناي معصوبتانْ
والطّريقُ الرّغيفْ،

Alles ist, wie es war, die Rebellen
Sind die Freunde des Windes
Und die Armen am Heiligengrab, ihre Kinder, ihre
Frauen
Verwunden den Tag, schreiten zwischen den Wunde
Alles ist, wie es war: Meine Handflächen sind
durchbohrt
Und das Blut wird vom Echo getrunken
Alles ist, wie es war: Meine Augen sind verbunden
Und der Weg ist ein Laib Brot.

... – سقطَتْ حربةٌ، فلملمتُ أيامي
وأسلمتُها إلى كلماتي
في جذورِ التّفتحاتِ
ودفءِ الموتِ، في موتيَ الصّديقِ المُؤاتي
في الغدِ النّافرِ المُهاجرِ،
في البرْقِ الصّديقِ، البرقِ البعيدِ الآتي
لستُ إلاّ إيقاعها، لستُ إلاّ
نسَمًا طائفًا

Ein Lanze fiel herab, da sammelte ich meine Tage
Und lieferte sie meinen Worten aus
In den Wurzeln, die sich entfalten
Und der Wärme des Todes
Im Tod, der mein Freund ist
Im blutenden, emigrierenden Morgen
Im befreundeten Blitz, im entfernten, im kommend
Blitz

يفتِّت روح الماء بين الأنقاضِ والأشتاتِ ...

Ich bin Rhythmus, sonst nichts
Eine Brise, die umherzieht
Und des Wassers Geist zwischen Trümmern und
Fetzen zerstreut …

مهيارْ
وجهكَ برجُ اللّيلِ في سفينةِ البخّورْ
والحلمُ في أجنحةِ اليمامِ واليمَامُ في التنّورْ
والكناريُّ الذي غنَّى وغنَّى:

Mihyar
Dein Gesicht ist ein Turm aus Nacht im Schiff des
Weihrauchs
Der Traum ist im Taubenflügel, die Taube ist im
Ofen
Und es sang und sang der Kanarienvogel:

– لم يعد حولي مكانٌ غير ظلّي
لم يعد حولي طريقٌ غير ظلّي ...

Um mich herum gibt es keinen Ort außer meinem
Schatten
Um mich herum gibt es keinen Weg außer meinem
Schatten …

والذي غنّى وغنّى:

Und er sang und sang:

– كان لي أرضٌ منحتُ الأرضَ، كانْ
شجرٌ ماتَ،

– Ich hatte ein Land, das ich der Erde vermachte
Einen Baum, der starb

الكناريُّ الذي غنّى وغنّى:
– أنتَ يا وجهَ المكانْ
نصفكَ الأول ماتْ
نصفكَ الآخر لم يُولَدْ ...

Und er sang und sang:
O Antlitz des Worts
Deine erste Hälfte ist gestorben
Deine andre Hälfte ungeboren …

وغنَّى:
– كان لي ظِلٌّ منحتُ الظلّ. كان
شَجَرٌ ماتَ ...

Und er sang und sang:
Ich hatte einen Schatten, den vermachte ich Dem
Schatten
Ich hatte Bäume, die starben

الكناريُّ الذي غَنَّى وصلَّى للحياةْ
طار من شوقٍ إلى الموتِ وماتْ ...

Der Kanarienvogel, der für das Leben betete, der das
Leben besang
Flog aus Sehnsucht nach dem Tod davon und starb.

مِهيارْ
وجهكَ برجُ الضَّوءِ في سفينةِ الظّلامْ
والحلمُ في أجنحةِ اليمامِ واليمامْ

Mihyar
Dein Gesicht ist ein Turm aus Licht in der
Dunkelheit Schiff
Der Traum ist in den Flügeln einer Taube

جسدٌ هنا جسدٌ هنالِكَ ساحِرٌ
يرتادُ يفتتحُ المدَى
هو والمدى ...

Und die Taube ist hier ein Leib, dort ein Leib
Ein Zauberer, der kommt und geht, sich die Weiten erschließt
Er und die Weiten …

حيثُ تقصّ الشَّمسُ، بعدَ النَّومْ
عليَّ، كلَّ يومْ:

Wo die Sonne, sobald sie wach ist
Mir jeden Tag erzählt:

... – وسمعت أساطيرَهم، وخبزنا، أكلنا
وقفنا أمامَ المرايا
ورأيتُ الوجوهَ الطَّريدَهْ
وتجاعيدها، ورأيتُ الجنونْ
وهو يسْتنفر العصورَ يسوقُ العصورْ
نحوها. ورأيتُ الرّماحْ
تنحني فوقنا كالغصونِ، رأيتُ الغصونْ
في تقاطيعنا ...
رأيت المراكبَ في فجوةِ الخليجْ
تحملُ النّار والرّياحْ
وغسلتُ المرايا وحرَّرت إعصارها، مَزجْتُ
المرايا
والطّريقَ وتاريخها، وجعلتُ المزيجْ
كيمياءَ العُصورِ الجديدَهْ ...

Wie ich in ihren Märchen lauschte
Wie wir buken und aßen
Vor den Spiegeln standen
Und ich die gejagten Gesichter sah
Ihre Falten und den Wahn sah, wie er
Die Epochen herbeirief, sie gegen die Gesichter hetzte
Ich sah, wie die Lanzen
Sich über uns beugten, Zweigen gleich, ich sah die Zweige
In unseren Falten.
Ich sah die Schiffe im Schlund des Golfs
Sie brachten die Winde und das Feuer
Ich putzte die Spiegel und befreite den Orkan, ich vermischte
Die Spiegel mit dem Weg und der Geschichte, ich machte die Mischung
Zur Alchemie der neuen Epoche …

ويَجيءُ الصّباحْ
من تخوم خفيَّهْ
لابسًا حُمْرَةَ القطيفه
لهبيًّا وديعًا يطهِّر، يزرع جذْرَ الرِّياحْ
في بلادِ الخليفه
وأقاليمِها الورقيَّهْ ...

Der Morgen kommt
Aus verborgenen Grenzen
In roten Samt gekleidet
Flammend, Abschied nehmend, läuternd
Sät er die Wurzeln der Winde
In das Land des Kalifen
Die papiernen Provinzen …

حيث رأى مهيارْ
ونادرُ الأسودْ
كيف تجيء الشمسُ بعدَ النَّومْ
إليَّ كلَّ يومْ
حيثُ يصيرُ الماءْ

Mihyar
Und Nadir, der Schwarze
Sehen, wie jeden Tag, sobald sie aufwacht
Die Sonne zu mir kommt
Und wie das Wasser

من لهفةٍ نافورةَ الحريقْ
حيثُ يكونُ الورَقُ الضائِعُ في الطَّريقْ
أجْرأ من مدينَهْ.

Aus einem Seufzer
Zur Fontäne des Feuers sich wandelt
Wie das verlorene Blatt auf dem Weg
Mutiger ist als die Stadt.

–٦–

6

سقطَتْ مناديلُ الفَضاء بشارةً تلدُ البشارَهْ:
لم يبقَ إلاّ عابرٌ شربتْ ملامِحَه الجسورْ
هو مرَّةً، نَجمٌ يشفُّ، ومرَّةً، نَجمٌ يَغُورْ –
لم يبقَ من تيهِ الطّريق سوى الطّريق سوى
الشَّرارَهْ
والماءُ نجَّارٌ يدورْ
يُعْطي، يُشيرُ، يمدُّ راحتَه، ويُؤْذِنُ بالعُبورْ.

Der Schleier des Weltraums fiel
Als frohe Botschaft hinab
Und außer einem, der vorüberging, ist nichts
geblieben
Einer, dessen Züge die Brücken aufsogen
Mal ist er ein Stern, der strahlt
Mal ist er ein Stern, der untergeht –
Nichts ist geblieben von der Irrsal der Wege
Außer dem Weg, außer dem Funken
Das Wasser ist ein Zimmermann auf Wanderschaft
Einer, der gibt, einer, der zeigt, der die Hand
ausstreckt
Und uns durchwinkt.

وجه البحر Das Antlitz des Meeres

كيمياء النرجس

أَلمرايا تُصالح بين الظهيرةِ والليل،
خلفَ المرايا
جَسَدٌ يفتح الطّريقْ
لأقاليمهِ الجديده
في ركامِ العصورْ
ماحيًا نجمةَ الطّريقْ
بين إيقاعه والقصيدهْ
عابرًا آخر الجُسورْ

... وقتلتُ المرايا
ومَزْجتُ سراويلَها النّرجسيهْ
بالشّموس، ابتكرتُ المرايا
هاجِسًا يحضُن الشّموسَ وأبعادها الكوكبيَّهْ

Die Alchemie des Narziss

Spiegel versöhnen
Mittag und Mitternacht
Hinter ihnen
Bahnt ein Körper den Weg
Durch der Jahrhunderte Trümmer
Zu neuen Gefilden
Den Stern des Weges tilgend
Überschreitet er
Die letzte Brücke
Zwischen Rhythmus und Gedicht.

Ich schlug die Spiegel tot
Vermischte ihre narzißtischen Gewänder
Mit den Sonnen, erschuf die Spiegel neu
Eine Vision, umfassend
Sonnen und die Weiten des Raums.

ياسمينه

مُحمَّدٌ سافرَ في رغيفٍ
ولم يَعُدْ.
وسارَةٌ تهبطُ في مغارهْ
تَسألُ عن صديقها الشّقوقَ والحجارَهْ
تذوبُ في مِنديلْ
وأحمَدٌ يغنّي
أُغنيَّة المهاجر المُطْفَأ كالقِنديل
أُغنية الضّائع في بلادٍ
تأكُلُ حتَّى جثّة القتيلِ. صالحٌ
يدورُ في سحابَهْ
تُوصِلهُ رياحُها الأمينَهْ
إلى ذُرى حديقةٍ
لا جثّةٌ فيها ولا ذبابَهْ –
وكنتُ أستيقظُ في قصيدتي
في شعبيَ الطّفلِ،
كياسمينَهْ.

Jasmin

Mohammed[27] ist im Brotlaib verreist
Und kehrte nicht zurück
Sarah fällt in eine Höhle
Fragt die Spalten und den Stein nach ihrem Freund
Und löst sich im Schleier auf
Ahmed singt
Das Lied der Emigranten
Das Lied eines, der umherirrt in einem Land
Das die Leichen Erschlagener frißt
Salah dreht sich in einer Wolke
Deren verläßliche Winde
Ihn zu den Gipfeln eines Gartens bringen
In dem kein Leichnam liegt und keine Fliege fliegt –
Und ich erwachte in meinem Gedicht
In meinem kindlichen Volk
Wie der Jasmin.

صنين

Der Sannin[28]

صِنِّينْ
يقرأ في غُرفته العاريْه
لِلّيل، للأشجار، للسَّاهرينْ
أحزانَهُ العاليه.

Der Sannin
Rezitiert in seinem nackten Raum
Für die Nacht, für die Wachenden und für den Baum
Seine hohe Trauer.

القشرة والأيام

Die Schale und die Tage

قشرةٌ. غابت المدينةُ، رملٌ حول رأسي. يداي،
خاصرتي ... رمحان، والأرضُ فوهةٌ.
– قَشرتُكَ الشّمسُ، واجْتاحَ وجهكَ الإعصارُ

Eine Schale. Die Stadt war fort, mein Kopf steckte im Sand. Meine Hände, meine Hüfte …
Zwei Lanzen, und die Erde ein Abgrund
– Deine Schale ist die Sonne, der Sturm hat dein Antlitz fortgefegt.

وخبا البرق: هذه جثّة العالم، هذا ضريحُها السيّارُ
ويدي قبضةٌ من الأرض لا تحمل غير الأكمام
والأحلام
غسلتها عينايَ، لا وَرقُ التاريخِ فيها ولا دروبُ
الكلام
هي بيتي، وجسري الأخضرُ الطّالِعُ بين الأيامِ
والأيامِ.

Der Blitz erlosch: Dies ist der Leichnam der Welt, dies ist mein wanderndes Grab
In meiner Hand aus Erde Blütenkelche und Träume
Gewaschen in meinen Augen, ohne ein Blatt der Geschichte, ohne die Pfade des Worts
Die Hand ist mein Haus, meine grüne Brücke, die sich von Tag zu Tag spannt.

القصيدة

Das Gedicht

أسمعُ صوتَ الزّمن: القصيدَهْ
يدٌ هنا هنالك، القصيدهْ
عينان تسألانْ –
هل أغلق النّسرين بابَ كوخهِ
هل فتح الإنسانْ
بوّابةً جديدهْ؟

Ich höre die Stimme der Zeit:
Das Gedicht – eine Hand hier, eine dort
Das Gedicht – zwei Augen, die fragen:
Verschloß die Osterglocke die Tür ihrer Hütte
Öffnete der Mensch
Eine neue Tür?

يدٌ هنا هناك، والمسافَهْ
تنوسُ بين الطّفل والضّحيّه
لكي تجيء النّجمة الخفيّه
وترجعَ الدّنيا إلى الشّفافَهْ.

Eine Hand hier, eine dort, die Distanz
Pendelt zwischen Opfer und Kind
Bis der verborgene Stern kommt
Und die Welt zurückkehrt in die Transparenz.

الأحجار — Die Steine

–١–

سقطتْ حجَره
فتَفتَّح شيءٌ في الجدرانْ
صار البُعد أحنَّ وأشهى ...
سَقَطتْ حجره
فتغيَّر شيءٌ في الإنسانْ.

1

Ein Stein fiel herab
Und etwas in den Wänden öffnete sich
Die Ferne wurde begehrenswerter
Ein Stein fiel herab
Und etwas im Menschen änderte sich.

–٢–

مِن زمانٍ عشقتُ الحجَرْ
وانجبنا معًا وافترقْنا،
من زمان رأيتُ الحجر
سُرَّةً، والمرايا
موعدًا، والتقينا
وانجرَحْنا، ونمنا وقمنا
وافترقنا، وعدنا
وأنا اليوم أنأى وأنفذ ممّا تقول المرايا
فأنا أوَّل الشَّظايا، أنا آخر الشَّظايا ...

2

Schon lange liebte ich den Stein
Wir wurden zusammen geschaffen, dann trennten wir uns
Schon lange sah ich den Stein
Als Nabel, sah die Spiegel
Als Zusammenkunft
Wir trafen uns
Wir wurden verletzt, schliefen und standen wieder auf
Trennten uns, und kehrten wieder
Heute bin ich fern von dem, was die Spiegel sagen, durchdringender
Ich bin der erste, bin der letzte Splitter.

–٣–

حَجَرٌ يحمي نهد الحبلى
حَجَرٌ يسْكَرْ
يترنَّح في أهداب الشاعرْ
ويصير يمامَهْ
ترقد في أهداب الشَّاعر
حَجَرٌ يسهَرْ
ويصير ستائر
تتدلَّى حول جبين الشَّاعر
ويصير غمامه ...

3

Ein Stein, der die Brust der Schwangeren schützt
Ein Stein, der trunken ist
Schaukelt in den Wimpern des Dichters
Und wird eine Taube
Die nistet in den Wimpern des Dichters
Ein Stein
Der schlaflos ist
Und zum Schleier wird
Herabfallend über der Stirn des Dichters
Der zur Wolke wird …

–٤–

دُلّيهِ يا غمامه
يجهلِ أن يسيرَ يا غمامه
في لَولَبِ الظلامْ

4

Führe ihn, o Wolke
Denn er versteht nicht
In der Spirale der Dunkelheit zu gehen

وحينما يخرجُ صوب النورْ
والجهة الخفيَّه
في وطنِ الكلامْ
أبْرأ من براءة العصفورْ
ترميه بندقيَّه.

Und wann er
Heraustreten soll ans Licht
In die geheime Richtung
In der Worte Land
Unschuldiger als die Unschuld der Vögel
Streckt ihn nieder ein Gewehr.

دلّيه يا غمامه
خُذيه واغسليهِ
من ليل قاتليهِ
بِالله يا غمامه.

Führe ihn, o Wolke
Nimm ihn und reinige ihn
Von der Nacht seiner Mörder
Bei Gott, o Wolke.

الشهيد

DER MÄRTYRER

حين رأيتُ اللَّيلَ في جفونهِ الملتهبه
ولم أجد في وجههِ نخيلاً
ولم أجدْ نجومًا،
عَصفتُ حولَ رأسهِ
كالرِّيحِ – وانكسرْتُ مثلَ قَصَبَهْ.

Als ich die Nacht
In seinen entzündeten Augenlidern sah
Und in seinem Gesicht
Keine Palme fand
Keinen Stern
Stürmte ich um seinen Kopf
Wie der Wind
Und knickte ein wie das Rohr.

وجه البحر

DES MEERES GESICHT

أسمعُ في مهيارْ
قصيدةً
تَعرفُ أن تجرحَ ليلَ القَبرْ
بالشَّمس أن تَجيءْ
في قَدمِ الشَّمسِ ووجه البَحْرْ ...

In Mihyar
Höre ich ein Gedicht, fähig
Die Nacht der Gräber mit der Sonne zu verwunden
Fähig, in den Schritten der Sonne zu kommen
In des Meeres Gesicht.

الرغيف

عادَ الرّغيفُ إلى خميرتهِ
يُهاجرُ في قصيده
مثلي،
سَرَيْنا حافِيَيْن،
– أكلتَ؟
– لا.
– ودَّعتَ؟
– لا.
– عاندتَ صوتكَ، وَهْو يفتح جرحَه الملكيَّ
يصرخُ؟
– لا.
سَرَيْنا
في قاعِ أغنيةٍ، رأينا
سُفُنَ الحروفِ الجارياتِ – نقلتُ عن وجهي
حُرُوفي
ولبستُ قبَّعةَ الخريفِ
كي أفهمَ القبر المسافرَ ...
وانحنيْنا
وتنهَّد الحَورُ الحزينُ يقولُ، أسمعه يقولُ
أنا الرَّغيفُ علامتانِ وكلّ أغنيةٍ رسولُ
والماءُ حَمحمةٌ بعيدهْ.
أنا والرغيفُ دَمٌ – سَرَيْنا
بكتِ الشوارعُ وانحنَتْ
رُكَبُ المآذنِ،
وَانحنيْنا ...

Das Brot

Der Brotlaib verwandelte sich wieder in Teig
Wanderte wie ich
Im Gedicht
Barfuß reisten wir
Nachts
– Hast du gegessen?
– Nein.
– Hast du dich verabschiedet?
– Nein.
– Hast du deiner Stimme widersprochen, als sie ihre königliche Wunde offenlegte und schrie?
– Nein.
Wir reisten nachts
Auf dem Grund eines Lieds, wir sahen
Das Schiff der Buchstaben
Ich löschte die Lettern in meinem Gesicht
Und setzte den Hut für den Herbst auf
Um das reisende Grab zu verstehen …
Wir verneigten uns
Die traurige Pappel seufzte und sagte, ich hörte sie sagen:
Ich und das Brot sind zwei Zeichen, jedes Lied ist Prophet
Und das Wasser ist ein ferner Schädel
Ich und der Brotlaib sind Blut – wir reisten nachts
Die Straßen weinten, die Knie der Minarette beugten sich
Und wir verneigten uns.

الموت — Der Tod

حين رأيتُ الموتَ في طريقي
رأيتُ أفكاري
رأيتُ وجهي
قاطرَةً تمتدُّ كالضَّبابِ
وكنتُ مستجيرًا
بالبرقِ، مرسومًا على التُّراب.

Als ich den Tod auf meinem Weg sah
Sah ich meine Gedanken
Sah ich mein Gesicht
Eine Kolonne
Die sich ausbreitet wie Nebel
Ich bat den Blitz um Hilfe
Der in den Boden geritzt war.

حوار — Gespräch

– لا تَقُلْ كان حبّي
خاتمًا أو سِوارْ
إنَّ حبّي حصارْ
إنّه الجامحونْ
يُبحرون إلى موتهم، يَبحثونْ.
لا تقلْ كان حبّي
قمرًا،
إنّه شَرارْ.

Sag nicht, daß meine Liebe
Ein Ring oder Fußreif war
Meine Liebe ist Belagerung
Sie ist wie die Trotzenden
Immer Suchenden
Die in den Tod segeln
Sag nicht, meine Liebe
Sei ein Mond:
Sie ist Funke.

الدم النافر — Vergossenes Blut

أحلُم –
لَنْ يكونَ هذا الصَّوتْ
صوتيَ،
أنتَ الجثّةُ الطَّريحهْ
أنا الدَّمُ النّافرُ من حضارةٍ ذبيحَهْ
يُشْعِلُ نارَ المَوتْ
يُطفئُ نارَ المَوتْ.

Ich träume –
Diese Stimme wird nicht meine Stimme sein
Du bist der verstoßene Leib
Das Blut, das aus der geschlachteten Zivilisation flie
Es entzündet das Feuer des Todes
Es löscht das Feuer des Todes.

الوردة — Die Rose

خُذْ وردةً مُدَّها وسادةً.
بعدَ حينْ
تَصهرك المهزلَةْ
في حَمأ، في طِينْ
تضمّكَ القنبلةْ
لِملكها،
بعدَ حينْ
خُذْ وردةً سَمِّها
أُغنيّةً،
وَغَنِّ للعالمينْ.

Nimm eine Rose
Breite sie als Kissen hin
Dann
Verschmelzt dich der Aberwitz
Mit dem Schlamm
Nimmt dich die Bombe
In ihren Besitz
Dann
Nimm eine Rose
Nenn sie Gesang
Und singe sie für die Welt.

العصفور — Der Vogel

أصغيتُ:
عصفورٌ على صنّينْ
يَضجُّ كي تسيطرَ السَّكينهْ
كي يُصبح الغناءْ
كشفرةِ السّكينْ
يجرحُ بالبحّة والبُكاءْ
برودةَ المدينهْ.

Ich lauschte:
Ein Vogel auf dem Sannin
Er trillert, um der Stille Herr zu werden
Um den Gesang
In eine Klinge zu verwandeln
Die mit Heiserkeit und Tränen
Die Kälte der Stadt verwundet.

المئذنة — Das Minarett

بكتِ المئذنهْ
حين جاء الغريبُ – اشترَاها
وبنى فوقها مدخنه.

Das Minarett weinte
Als der Fremde kam
Er kaufte es ohne Not
Und baute darauf einen Schlot.

الحلم

غبْتَ، اختفَيْتَ؟ عرفَتُ أنّكَ سائِحٌ
شرَرًا ولؤلؤةً وموجَ غوايةٍ
تمضي تعودُ مع الفصولْ
ورأيتُ نارك في الحقولْ
عيناك أجنحةٌ ووجهك طالعٌ
كالأفق، يكتنزُ الشموس، ويغسلُ الأرضَ الكئيبه
غبتَ، اَختفيتَ؟ رأيتَ وجهكَ في الحقولْ
ماءً يسافر في الجذور إلى مدائنه الغريبَهْ
في العشب، في نَهَرِ الفصولْ.

Der Traum

Bliebst du fort, hast dich verborgen?
Ich weiß, daß du umherziehst
Wie ein Funke, eine Perle, wie die Wogen der Sünd
Du kommst und gehst mit den Zeiten
Ich sah dein Feuer auf den Feldern
Deine Augen sind Flügel, und dein Antlitz geht au
Sammelt Sonnen wie der Horizont
Und säubert die trübe Erde
Bliebst du fort, hast dich verborgen?
Ich sah dein Gesicht auf den Feldern
Es reiste wie Wasser in Wurzeln, im Gras, im Fluß
der Zeiten
Zu fremden Städten.

الموج

مَوجٌ رفعتُ على أدْراجهِ جزُري
ورحتُ أبدأ تاريخي –
أفّتتهُ
أَلمّهُ
وأنقِّيه، وفي لغتي
مسافَةُ الموت تُحْييني، وفي ورَقي
مسافَةُ الجرحِ،
موجٌ آمِرُ الصّورِ
موجٌ يؤاخي طرِيَق الشَّمس، يفتح في
صدري محطّاتِه،
موجٌ يعلِّمني
أنَّ الأقاصي مدَارُ الحلمِ والسَّفرَ.

Die Welle

Eine Welle, auf deren Stufen ich meine Insel hißte
Und fortzog, um meine Geschichte zu beginnen –
Ich zerbröckele sie
Sammele sie auf
Säubere sie, und in meiner Sprache
Belebt mich die Entfernung des Todes, in meinen
Blättern
Die Entfernung der Wunde
Eine Welle, Gebieter der Bilder
Eine Welle, die sich mit dem Weg der Sonne
verbrüdert
Und ihre Halteplätze öffnet in meiner Brust
Eine Welle, die mich lehrt
Daß die Fernen die Umlaufbahn des Traums und d
Reise sind.

المدينة — Die Stadt

نمتُ مع المدينهْ
في أول الغصونِ في بدايةِ الجراحْ
كانت على سريري
أقلقَ من سفينهْ
في اللُّجِّ. واللّقاحْ
يخضُّها، يفتحُ كلَّ عِرْقٍ ...
واستيقظَتْ، كانَ السَّريرُ نَهْرًا
للحبِّ،
واللِّقاحْ
تاريخ عاشقينْ
وكان نهداها مَدينتينْ.

Ich schlief mit der Stadt
Im Anfang der Zweige, im Beginn der Wunden
Sie lag in meinem Bett
Unruhig wie ein Schiff in Wellentälern
Die Verschmelzung läßt es erbeben
Und öffnet alle Adern …
Als sie erwachte, war das Bett
Ein Fluß für die Liebe
Und die Verschmelzung
War der Liebenden Geschichte
Und ihre beiden Brüste waren zwei Städte.

نبوءة — Prophezeiung

للوطن المحفور في حياتِنا كالقَبرْ
للوطن المخدَّر المقتولْ
تَجيءُ من سُباتنا الأُلفيّ، من تاريخنا المشلولْ
شمسٌ بلا عبادهْ،
تقتلُ شيخَ الرّملِ والجرادهْ
والزّمنَ النابتَ في سهوبهِ
اليابس في سهوبهِ
كالفِطرْ

Für die Heimat, die in unser Leben eingelassen
wurde wie ein Sarg
Für die getötete, berauschte Heimat
Kommt aus unserem zahmen Schlummer,
aus unserer gelähmten Geschichte
Eine Sonne ohne Anbetung
Tötet den alten Mann des Sandes, die Heuschrecke
Und die Zeit, die auf ihren Steppen wächst
Auf ihren Steppen vertrocknet
Wie Pilze.

شَمسٌ تُحبُّ الفتكَ والإبادَهْ
تطلعُ من وراء هذا الجسرْ ...

Eine Sonne, die den Meuchelmord liebt und die
Vernichtung
Geht hinter dieser Brücke auf.

الغرب والشرق

كان شيءٌ يمتدُّ في نفَق التَّاريخ
شيء مزيَّنٌ ملغومُ
حاملاً طفله من النَّفطِ مسمومًا
يغنّيهِ تاجرٌ مسْمومُ
كانَ شرْقٌ كالطِّفل يسأل،
يستصرخُ
والغربُ شيخه المعصومُ

بُدِّلت هذه الخريطةُ
فالكونُ حريقٌ
والشَّرقُ والغربُ قبرٌ
واحِدٌ
من رمادهِ ملمومُ ...

Orient und Okzident

Etwas streckte sich im Tunnel der Geschichte
Ein Geschmücktes, Vermintes
Es trug sein mit Erdöl vergiftetes Kind
Ein vergifteter Händler besang es
Und der Orient stellte kindliche Fragen
Schrie um Hilfe
Während der Okzident für ihn
Ein Weiser war, der nie irrt.

Doch die Landkarte hat sich geändert
Nun ist die Welt entflammt
Und Orient wie Okzident
Sind *ein* Grab, aufgehäuft
Aus beider Asche.

سنبله

وقفت سنبله
بين وجه الشريد وأيامهِ، وقفت سنبله
وأشارت –
رأيتُ النّهارْ
جرَسًا يفتح الشبّابيكَ والمدنَ المقفلهْ.

وَقفت سنبله
في مدار الينابيع في شَهْوة الغُبارْ
ورأيتُ العصافير تبني، وكان المطرْ
سُفنًا تجرف الجليدْ
في طريق البراعم والعشب، كان الشَّجر
سفنًا تحمل المدائن أو تأخذ القمَرْ
في مهبٍّ الفضاء الجديدْ.

Ähre

Die Ähre blieb stehen
Sie blieb stehen zwischen dem Antlitz des
Versprengten und seinen Tagen
Sie blieb stehen und winkte –
Ich sah den Tag
Eine Glocke, die die Fenster öffnet und die
verschlossenen Städte.

Die Ähre blieb stehen
Im Umkreis der Quellen, in der Begierde des Staub
Und ich sah, wie die Vögel, während der Regen fiel
Schiffe bauten, die das Eis auf dem Weg der
Knospen und des Grases durchbrachen
Der Baum war ein Schiff, das Städte trägt
Oder den Mond in einen neuen Kosmos entführt.

ساحر

قبلُ أو بعد،
يُولد الكون مربوطًا بقرَنْي غزالةٍ مسحورهْ
راسمًا طله على الأشجارِ:
غُصُنٌ صورةٌ لهُ
غُصُنٌ يزهر بين المسمار والمسمارِ
غُصُنٌ عاشِقٌ حنانَ النَّارِ –
أنا تاريخ ذلك الغُصنِ السَائح
في غابة الرّؤى والمجاعه
سار وجهي في قبّة الموت
واسترجعَ سحرًا يُضيئهُ، وأضاعهْ
فدعوتُ الجَمْرَ الصديق وبخّرنا
مداه، وموجه، وشراعه
وحملتُ العشب الرّضيعَ كأهدابي
وسافرتُ في حنين الرّضاعه
في رياحٍ غريبةٍ منذوره
لدمي جارحًا،
لِحبّيَ مربوطًا بقرنَيْ غزالةٍ مسحوره.

Der Zauberer

Vorher oder nachher
Entsteht die Welt
Gebunden an die Hörner einer verzauberten Gazelle
Wo ihr Schatten auf die Bäume fällt:
Der Zweig ist ihr Symbol
Der Zweig, der zwischen Nagel und Nagel blüht
Der Zweig, der die Sehnsucht des Feuers liebt –
Ich bin die Geschichte dieses wandernden Zweiges
Im Wald des Hungers und der Visionen
Mein Antlitz wandelte in der Kuppel des Todes
Und sprach einen Zauber, der ihn erleuchtete und den er verlor
Da rief ich die befreundete Glut, und wir beweihräucherten
Seine Strecke, seine Welle und sein Segel
Ich brachte dem Säugling das Gras, als wäre es meine Wimpern
Und reiste in der Sehnsucht des Stillens
In fremden Winden
Die meinem Blut als Wunde geweiht sind
Für meine Liebe
Gebunden an die Hörner einer verzauberten Gazelle.

دمشق

أومأتِ –
جئتُ إليكِ حنجرةً يتيمه
أقتاتُ، أنسج صوتَها الشَّفقيّ من لُغةٍ رجيمه
تتبطّنُ الدنيا وتخلع باب حكمتها القديمَهْ.
وأتيتُ، لي نجمٌ ولي نارٌ كليمه:

يا نجمُ، رُدّ لي المجوسَ
وأنتِ يا نارُ اسْتبيحي
فالكونُ من ورقٍ وريحِ
ودمشقُ سرّةُ ياسمينْ
حُبلى،
تمدّ أريجَها
سقْفًا
وتنتظرُ الجنينْ.

Damaskus

Du winktest –
Ich kam zu dir als verwaiste Kehle
Ich ernähre mich, ich webe ihre[29] Dämmerungs-
stimme aus einer verfluchten Sprache
Welche die Welt ankleidet und das Tor ihrer alten
Weisheit auszieht
Ich bin gekommen, mir gehörten der Stern und das
verwundete Feuer:

O Stern, gib mir die Magier[30] zurück
Und du, o Feuer, gib dich preis
Denn die Schöpfung besteht nur aus Blättern und
Wind
Damaskus ist ein Nabel aus Jasmin
Sie ist schwanger
Spannt ihre Düfte als Dächer auf
Und erwartet das Kind.

الأسماء

سأسمّي التّحولَ ربّانَ أيامكِ الجديدهْ
يا بلادَ الخليفةِ والتّابعينْ
وأُسمّي
وجهكِ المغلقَ الدّفينْ
كوكبًا، والقَصيدَهْ
هالةَ الفارسِ الغريبْ
حولَ أيامكِ الجديده.

Namen

Ich nenne die Verwandlung den Kapitän deiner
neuen Tage
O Land des Kalifen und derer, die dem Propheten
folgen
Ich nenne
Dein verschlossenes, verhülltes Gesicht
Einen Stern, und das Gedicht
Heiligenschein eines fremden Ritters
Der deine neuen Tage umstrahlt.

اللؤلؤة

كيف أمشي نحوَ شعبي، نحو نفسي
كيف أمضي نحو تَهيامي وصوتي، كيفَ أصعـ
لستُ إلاّ نَهَرًا يرفضُّ، يخبو، يتوقدْ
غامِرًا لؤلؤةَ الشّعر الخفيّهْ
لابسًا وَسْوَسة الشّمسِ،
وإلاّ
حُلُمًا –
أنّيَ حمًّى نبويّه
أنّني ضوءٌ يلفُّ الليلَ، يَعْرى
سائحًا في جَسَد الليلِ،
وأنّي
جامحٌ أحتضنُ الأرضَ كأنثى
وأنامُ
مُوقِظًا حُبّيَ فيها
لَهبًا يَفْتح،
يَسْتنزِلُ فيها
آيةً،
أنّي كِتابٌ
ودمي حِبرٌ
وأعضائي كلامُ.

كيف أمشي نحو نفسي، نحو شعبي
ودمي نارٌ وتاريخي ركامُ؟
أَسْنِدوا صدريَ –
في صدري حريقٌ
ومزاميرُ،
جبالٌ وكرومُ
ومسافاتٌ
وأجسادُ عصورٍ تَتجَرجَرْ
ونجومُ
والتّواريخُ مرايا
والحضارات مرايا
تتكسَّر.

لا، دَعُوني:
إنّني أسمع أَصواتًا تغنّي في رمادي
إنني ألمحها تمشي كأطفال بلادي.

Die Perle

Wie komme ich zu meinem Volk, zu mir selbst
Wie komme ich zu meiner Leidenschaft und meiner
Stimme
Wie steige ich auf?
Bin ich doch
Nichts als ein Fluß
Der die Perle der Dichtung umspült
Nichts
Als ein Traum –
Ich bin das Licht
Das im Körper der Nacht reist
Unbändig bin ich
Umarme die Erde wie eine Frau
Und schlafe ein
Erweckend meine Liebe zu ihr
Als Flamme, in die gekleidet
Ein Zeichen kommen soll
Ich bin ein Buch
Und mein Blut ist Tinte
Und meine Glieder sind Sprache.

Wie komme ich zu meinem Volk, zu mir selbst
Wo doch mein Blut Feuer ist und meine Geschichte
Trümmer?
Stärkt meine Brust
In ihr toben Brände
Und Distanzen,
Körper, an denen die Epochen zerren
Die Chroniken sind Spiegel
Die Zivilisationen sind Spiegel
Die zerbrechen.

Nein, laßt mich:
Ich höre Stimmen, die in meiner Asche singen
Ich sehe, daß sie wie die Söhne meines Landes gehen.

هذا هو اسمي Dies ist mein Name

ماحيًا كلٍ حكمةٍ   هذه ناريَ
لم تبقَ آيةٌ – دميَ الآيةُ
هذا بدْئي

دخلتُ إلى حوضك   أرضٌ تدور حوليَ أعضاؤكِ
نيلٌ يجري   طَفَوْنا ترسّبْنا   تقاطعتِ في دمي قطعَتْ صدركِ أمواجيَ انْهصَرتِ
لِنبْدأْ: نسيَ الحبُّ شفرَةَ الليل
هل أصرخُ أنَّ الطوفان يأتي؟   لِنبْدأْ: صرخةٌ تعرج المدينة والناسُ مرايا تمشي
إذا عبَر الملحُ التقينا هل أنتِ؟

– حبِّيَ جرحٌ
جسَدي وردةٌ على الجرح لا يُقطَفُ إلا موتًا. دمي غُصُنٌ أسلم أوراقَه استقرَّ ...
هل الصخرُ جوابٌ؟ هل موتكِ السيدُ النائم يُغْوي؟ عندي لثدييكِ هالاتُ وَلوُعٍ لوجهك
الطفل وجهٌ مثلهُ ... أنتِ؟ لم أجدكِ

هذا لهبي مَاحيًا
دخلتُ إلى حوضكِ   عندي مدينةٌ تحت أحزانيَ عندي ما يجعل الغُصُنَ الأخضرَ
أفعى والشمسَ عاشقةً سوداءَ عندي ...

تقدَّموا فقراءَ الأرض غطّوا هذا الزّمان بأسمالٍ ودْمعٍ غطّوهُ بالجسد الباحث عن دفئِه ...
المدينةُ أقواسُ جُنونٍ   رأيتُ أن تلدَ الثورة أبناءَها، قبرت ملايين الأغاني وجئتُ
(هل أنتِ في قبري)؟ هاتي ألمسْ يديكِ اتبعيني.
زمني لم يجئ ومقبرة العالم جاءت   عندي لكل السلاطين رمادٌ هاتي يديكِ
اتبعيني ...

قادرٌ أن أُغيِّر: لغْمُ الحضارةِ – هذا هو اسْمي (لافتة)

... وقفت خطوة الحياة على باب كتابٍ محوته بسؤالاتيَ: ماذا أرى؟ أرى ورقًا قيل
استراحت فيه الحضارات (هل تعرف نارًا تبكي؟) أرى المئة اثنين أرى المسجدَ الكنيسةَ
سيّافيْن والأرض وردةً

Ausmerzend alle Weisheit hier ist mein Feuer
Kein Zeichen[31] bleibt – mein Blut ist das Zeichen
Das ist mein Beginn

Ich drang in dein Becken ein Erde die sich um mich dreht deine Glieder
Strömender Nil wir trieben fort lagerten uns ab du hast dich in meinem Blut gekreuzt
Meine Wellen durchschnitten deine Brust biegsam wie du bist laß uns beginnen:
Die Liebe vergaß die Klinge der Nacht soll ich schreien daß die Sintflut beginnt?
Laß uns beginnen: Schrei der die Stadt lähmt und schreitende Spiegel die Menschen
Wo das Salz hindurchgeht treffen wir uns bist du's?

Meine Liebe ist eine Wunde
Mein Körper ist eine Rose auf der Wunde die nur der Tod pflückt.
Mein Blut ein Zweig der seine Blätter hingab und ruhte …
Gibt der Felsen die Antwort? Ist dein Tod der schlafende Meister der dich verführt?
Ich bringe deinen Brüsten das Kardamom der Begierde deinem kindlichen Antlitz eins das ihm gleicht … du? Ich finde dich nicht.

Dies ist meine vertilgende Flamme
Ich drang in dein Becken ein Eine ganze Stadt liegt unter meiner Trauer
Ich kann den grünen Zweig in Nacht verwandeln die Sonne in eine schwarze Geliebte …

Die Verdammten der Erde rücken vor bedecken diese Zeit mit Lumpen und Tränen bedecken sie mit ihren Körpern die nach Wärme suchen … Die Stadt ist ein Bogen aus Wahn ich sah wie die Revolution ihre Kinder gebar begrub zu Tausenden die Gesänge und kam wieder (liegst du schon in meinem Grab?) gib deine Hand mir und folg …

Meine Zeit ist noch nicht gekommen doch der Friedhof der Welt ist schon hier
Für jeden Herrscher habe ich Asche gib deine Hand mir und folg …

Fähig zu verwandeln: Mine für die Zivilisation – dies ist mein Name (Spruchband)

Der Schritt des Lebens hielt inne vor dem Tor[32] eines Buchs das ich mit meinen Fragen ausradierte was sehe ich? Ich sehe ein Blatt in dem sich die Zivilisationen ausgeruht haben (kennst du ein Feuer das weint?). Ich sehe die Hundert auf eine Zwei geschrumpft ich sehe die Moschee und die Kirche beide als Henker und als Rose die Erde.

طار في وجهيَ نَسْرٌ قدّستُ رائحة الفوضى
ليأتِ الوقتُ الحزين لتستَيْقِظْ شعوب اللهيب والرَّفض صحرائيَ تنمو أحببتُ
صفصافةً تحتارُ بُرْجًا يتيهُ مِئْذنةً تهرمُ أحببتُ شارعًا صَفَّ لبنانُ عليه أمعاءَهُ في رسومٍ ومرايا
وفي تمائِم

قلتُ الآن أُعطي نفسي لهاوية الجنس وأُعطي للنار فاتحة العالم قلتُ اسْتَقِرَّ كالرمح يا نيرون
في جبهة الخليقةِ روما كلُّ بيتٍ روما التخيُّل والواقع روما مدينةُ الله والتاريخ قلتُ
استقرَّ كالرمح يا نيرونُ ...

لم آكل العشيَّة غير الرَّمْلِ، جوعي يدورُ كالأرض أحجارٌ قصورٌ هياكلٌ أتهجّاها كخبزٍ رأيت
في دمي
الثالثِ عينيْ مُسافرٍ مزج النّاسِ بأمواج حلمهِ الأبديِّ
حاملاً شعلة المسافات في عَقْلِ نبيٍّ وفي دمٍ وَحْشيٍّ.

... وعليٌّ رمَوْهُ في الجبِّ غَطَّوهُ بقَشٍّ والشمس تحمل
قتلاها وتمضي هل يعرف الضوءُ في أرضِ عليٍّ طريقَهُ؟
هل يُلاقينا؟ سمعنا دمًا رأينا أنينًا

سنقول الحقيقة: هذي بلادٌ
رفعت فخذَها
رايةً ...

سنقول الحقيقة: ليست بلادًا
هي اصطبلنا القمريّ
هي عُكَّازة السّلاطين سجّادةُ النبيّ

سنقول البساطة: في الكون شيءٌ يسمّى الحضور وشيءٌ
يُسمى الغيابَ نقول الحقيقةَ:
نحن الغيابْ
لم تلدنا سماءٌ لم يلدنا ترابْ

إننا زَبدٌ يتبخَّرُ من نَهَرِ الكلماتِ
صَداً في السماء وأفلاكها صَداً في الحياةِ! (منشور سري)

Ein Falke flog in mein Gesicht   ich pries den Geruch der Anarchie
Komme du damit die traurige Zeit kommt damit die Völker erwachen die Völker von Verweigerung und Flamme.
Meine Wüste wächst   ich liebte eine ratlose Weide einen verirrten Turm ein Minarett im Verfall ich liebte eine Straße auf welcher der Libanon seine Eingeweide in Bildern Spiegeln und Amuletten ausstellte.

Ich sagte ich gebe mich hin dem Abgrund des Geschlechts gebe dem Feuer die Anfangssure der Welt ich sagte zu Nero ruh aus wie der Speer in der Stirne der Schöpfung Rom jedes Haus ist Rom die Phantasie und die Wirklichkeit sind Rom Stadt Gottes und der Geschichte ich sagte ruh aus wie Nero die Lanze.

Mein Abendmahl war nichts als Sand mein Hunger dreht sich wie der Erdball Steine Schlösser Tempel die ich als Brot buchstabiere   in meinem dritten Blut sah ich die Augen eines Reisenden der die Menschen mit den Wellen seines ewigen Traumes mischte.
Mit dem Verstand eines Propheten und mit wildem Blut trug er die Fackel der Distanzen.

Ali[33] warfen sie in den Brunnen begruben ihn unter Stroh während die Sonne ihre Toten nahm und fortging   Kennt das Licht in Alis Land seinen Weg? Wird es uns begegnen? Wir hörten das Blut wir sahen das Stöhnen.

Wir werden die Wahrheit sagen: Dies ist das Land
Das seine Schenkel
Als Banner hißte …

Wir werden die Wahrheit sagen: Das ist kein Land
Das ist unser Mondstall
Die Krücke der Herrscher der Gebetsteppich des Propheten.

Wir sagen es unverblümt: Auf der Welt gibt es etwas das man Gegenwart nennt
Das man Abwesenheit nennt wir sagen die Wahrheit:
Wir sind die Abwesenheit
Kein Himmel hat uns geboren kein Staub.

Wir sind Schaum der auf dem Fluß der Worte treibt
Der Rost des Himmels und der Gestirne
Der Rost des Lebens. *(Geheimbericht)*

وطني فِيَّ لاجئٌ

وليكنْ وجهيَ فيئًا!
دهْرٌ من الحجَرِ العاشق يمشي حولي أنا العاشق الأول للنار تحبلُ النار   أيامِيَ نارٌ
أنثى دَمٌ تحت نهديها صليلٌ والإبط آبارُ دَمْعٍ نهرٌ تائهٌ وتلتصق الشمس عليها كالثوبِ تزلقُ
جرحٌ فرَّعته وشعشعَتْهُ بباهٍ وبهارٍ (هذا جنينُكِ؟) أحزانيَ وَرْدٌ
دخلتُ مدرسة العشب جبيني مُشقَّقٌ ودمي يخلعُ سلطانَه: تساءلتُ ما أفعلُ؟ هل أحزم
المدينة بالخبز؟ تناثرتُ في رواقٍ من النار   اقتسمْنا دمَ الملوكِ وجعْنا
نحمل الأزمنه
مازجين الحصى بالنجومْ
سائقين الغيومْ
كقطيعٍ من الأحصنَه

قادرٌ أن أُغيِّر: لغْمُ الحضارةِ – هذا هو اسْمي

الأمّة استراحتْ
في عسل الرباب والمحرابْ
حصَّنها الخالقُ مثلَ خندقٍ
وَسدَّهُ.
لا أحدٌ يعرفُ أين الباب
لا أحدٌ يسأل أين البابْ.
(منشور سري)

... وعليٌّ رموهُ في الجبِّ كان الجمر ثوبًا له اشتعلنا تمسَّكنا بأشلائِه اشتعلتُ مساءَ الخيرِ
يا وردةَ الرَّماد   عليٌّ وطنٌ ليس لاسمه لغةٌ ينزف نفيًا ويُثْبت العشب والماء عليٌّ
مهاجرٌ

أين يغفو سيد الحزن كيف يحمل عينيه؟ سمائي مخنوقةٌ كتِفي تهبط والأرض خوذةٌ مُلئتْ
رملاً وَقشًا هَلعْتُ أركض غطّتني سُنونوّةٌ نهضتُ لهيبٌ ناهداها نهضتُ أفتحُ شبّاكًا: حقولٌ
خضرٌ أنا الفاتح الآخر والأرض لعبةٌ فرسٌ تدخل في الغيمِ

Mein Land hat in mir Zuflucht gefunden

Möge mein Antlitz Schatten sein!
Die Ewigkeit eines liebenden Steins umwandert mich den ersten Geliebten des Feuers
Das Feuer ist schwanger Meine Tage sind eine Frau aus Feuer in deren Brüsten das Blut knistert
Die Achsel ist ein Brunnen der Tränen ein verirrter Fluß an dem die Sonne hängt wie ein Kleid das hinuntergleitet eine Wunde verzweigt und beglänzt von Sperma und Gewürz (Ist dies dein Kind?)
Meine Trauer ist Rose.
Ich besuchte die Schule des Grases meine Stirn ist zerborsten mein Blut ist seiner Macht entkleidet:
Ich fragte mich was tun? Die Stadt mit dem Brot verketten? Ich wurde in einem Zelt aus Feuer zerstreut Wir zerteilten der Könige Blut und hungerten.
Wir trugen die Zeiten
Mischten die Kiesel mit den Sternen
Wir trieben die Wolken
Wie eine Herde von Hengsten.

Fähig zu verwandeln: Mine für die Zivilisation – dies ist mein Name

Die Nation ruht sich aus
In der Wabe von Rebab[34] und Mihrab[35]
Der Schöpfer hat sie festgefügt als Schützengraben
Verstellt mit Barrikaden
Niemand weiß wo der Ausgang ist
Niemand fragt wo der Ausgang ist.
(Aus einem Geheimbericht)

Ali warfen sie in den Brunnen die Glut war sein Kleid wir entflammten wir hielten uns fest an seinen zerrissenen Gliedern ich entflammte Guten Abend o Rose aus Asche
Ali ist ein Land für dessen Namen es keine Sprache gibt es blutet Verneinung und stärkt das Gras und das Wasser Ali ist ausgewandert.

Wo schlummert der Herr der Traurigkeit wie trägt er seine Augen? Mein Himmel ist erdrosselt meine Schulter niedergedrückt und die Erde ist ein Helm mit Sand und Stroh gefüllt ich hatte Angst lief eine Schwalbe gab mir Deckung ich wachte

يخرج الشجرُ العاشقُ غصنٌ يهزّني انْبجَس الماءُ انتهى زمن الناس القديمُ ابتدأتُ وجهي مدارتٌ وفي الضوء ثورةٌ

أيقظتْني قريةٌ في مهبِّهِ انكسر الصمتُ احتضِنِّي
يا خالقَ التعبِ امنحني ارجيحكَ امتحنّي أنا الصخرة والبحث والسُّؤالُ ولا عيدٌ ولا موقدٌ
أنا الشبَح الراصدُ في فجوة المدينةِ والناس نيامٌ دخلتُ في شرَكِ الضوءِ نقيًا كالعُنْف
أسطعُ كالتيه خفيفًا أطرافيَ البرق رياحٌ منحوتةٌ ليس عظمي طعمَ تاجٍ أو فضّةٍ لستُ مُلْكًا
ودمي هجرةُ السماء وعيناي طيورٌ يُقال جلدكَ شوكٌ لتمتّ ولتكنْ سمائي من
جلدكَ صفراء قيل جلدك دهرٌ راسبٌ في قرارة الحلْمِ

وَلتُولدْ حِرابُ الوقيعة الأبديّهْ
بيننا حفرة انهدام وصوتي
هذيانُ المغير يكسر عُكّاز الأغاني ويقلع الأبجديّهْ
... والنساءُ ارْتحْنَ في مَقصورةٍ
يستجرْنَ الكتبَ المستنزلَهْ
ويُحوّلن السماء
دميةً أو مقصلهْ
وعليٌّ فاتحٌ أحزانَه
لبهاليل الشقاء
للذين استنْسروا وانكسروا ...
وعليٌّ لهَبٌ
ساحرٌ مشتعلٌ في كلّ ماءْ
عاصفًا يحتاجُ – لم يترك ترابًا أو كتابًا
كَنس التاريخ غطّى
بجناحيه النّهارْ
سرّه أنّ النهار
جُنّ
هذا زمنُ الموتِ، ولكن
كله مو فيه موتٌ عربيّ
تسقطُ الأيام في ساحاتِه
كجذوع الأرزة المكتهلهْ

auf Flammen waren ihre Brüste ich wachte auf öffnete das Fenster:
Grüne Felder ich bin der andere Eroberer und die Erde ist ein Spiel ein Pferd das in die Wolken reitet.

Die liebenden Bäume treten hinaus ein Zweig schüttelt mich das Wasser bricht hervor die Zeit des alten Menschen endet ich beginne Wendekreise sind mein Antlitz und im Licht: Revolution.

Ein Dorf weckte mich auf mit seinem Wind das Schweigen zerbrach und nahm mich in die Arme o Schöpfer der Erschöpfung schenk mir deine Schaukeln prüf mich ich bin der Fels die Suche die Frage kein Fest kein Herd ich bin das Gespenst das durch die Ritzen der Stadt späht während die Menschen schlafen ich tappe in die Schlinge des Lichts geläutert wie die Gewalt glänze leicht wie die Verirrung meine Glieder sind Blitz meine Glieder sind gemeißelte Winde nicht der Krone Geschmack nicht aus Silber keine Herrschaft bin ich und mein Blut ist der Auszug des Himmels meine Augen sind Vögel es heißt deine Haut sie hat Dornen so stirb so werde mein Himmel aus deiner blassen Haut es heißt deine Haut ist eine Ewigkeit die sich abgesetzt hat im Schlamm eines Traums.

Mögen die Lanzen der ewigen Schlacht erstehen
Zwischen uns ist der Graben des Zerfalls und meine Stimme
Das Stammeln des Angreifers zerbricht die Krücke der Lieder entwurzelt das Alphabet
... und die Frauen ruhen hinter der Einfriedung
Sie suchen Hilfe bei den offenbarten Büchern
Und verwandeln den Himmel
In Götzenbilder oder Guillotinen
Ali öffnet seine Trauer
Für die Narren des Elends
Die fliegen wie Adler und zerbrechen
Ali ist Flamme
Ein Zauberer der in allen Wassern entflammt
Wütet wie ein Sturm
Verschont kein Buch und kein Staubkorn
Fegt die Geschichte
Bedeckt den Tag mit seinen Flügeln
Froh daß der Tag verrückt geworden ist
Das ist die Zeit des Todes
Aber in jedem Tod ist ein arabischer Tod
Die Tage fallen auf die Plätze der Zeit

إنه آخرُ ما غنَّى به
طائرٌ في غابةٍ مشتعلهْ

وطني راكضٌ ورائي كنهرٍ من دمٍ   جبهة الحضارة قاعٌ طحلبيٌّ   لملمت
تاجًا تقمَّصْتُ سراجًا   هامَت دمشق حنَت بغدادُ   سيفُ التاريخ يُكْسَرُ في
وجه بلادي
مَن الحريق مَن الطوفان؟

كنتِ الصحراء حين أسرتُ الثلج فيكِ انشطرتُ مثلك رملاً وضبابًا صرختُ أنتِ إلهٌ لأرى
وجهه لأمحوَ ما يجمع بيني وبينه قلتُ جاسدتكِ أنتِ الشِقُّ المليء بأمواجي أنا الليلُ حافيًا
حين أدخلتكِ في سُرَّتي تناسلتِ في خطوي طريقًا دخلتِ في مائيَ الطِّفل   استضيئي
تأصّلي في متاهي

خدَرٌ مشمرٌ يعرِّش حول الرأس حلمٌ تحت الوسادة أياميَ ثقبٌ في جيبيَ اهترأ العالمُ
حوَّاء حامِلٌ في سراويليَ
أمشي على جليدِ
ملذَّاتيَ أمشي بين المحيِّر والمعجزِ أمشي في وردةٍ

زهراتُ اليأس تذوي والحزن يصدا   جيشٌ من وجوهٍ مسحوقةٍ يعبر التاريخ جيشٌ
كالخيط أسْلَم واستسلَم، جيشٌ كالظِّل   أركض في صوت الضحايا وحدي على
شفة الموتِ كقبرٍ يسيرُ في كرةِ الضوءِ

انصهرنا دمُ الأحباء كالأهداب يحمي سمعتُ نبضكِ في جلديَ (هلِ أنتِ غابةٌ؟) سقط
الحاجزُ (هل كنتِ حاجزًا)؟ سأل النورس خيطًا في البحر يغزله الرُّبانُ غنّى ثلج المسافر
شمسًا لا يراها (هل أنتِ شمسيَ؟) شمسي ريشةٌ تشرب المدى سمع الضائع صوتًا (هل
أنتِ صوتيَ؟) صوتي زمني نبضكِ الشهيُّ ونهداكِ سوادي وكل ليلٍ بياضي
زحفت غيمةٌ فأسلمتُ للطوفان وجهي وتهتُ في أنقاضي ...

هكذا أحببتُ خيمه
وجعلت الرَّملَ في أهدابها

Wie Stämme von alten Zedern es ist die letzte Zeit die der Vogel besingt
Im brennenden Wald.

Meine Heimat
verfolgt mich wie ein Fluß aus Blut die Stirn der Zivilisation ist schlammiger Grund Moos ich sammelte Kronen schlüpfte in Lampen Damaskus war verliebt Bagdad verging vor Sehnsucht das Schwert der Geschichte zerbricht im Antlitz meines Landes wer ist der Brand wer ist die Flut?

Du warst die Wüste als ich den Schnee in dir einsperrte wie du zerfiel ich in Nebel und Sand ich schrie du bist ein Gott um sein Antlitz zu sehen um auszuwischen was mich an ihn bindet ich sagte ich schlüpfte in deinen Körper du warst mein mit Wellen gefüllter Spalt ich war die barfüßige Nacht als ich dich in meinen Nabel einführte du vermehrtest dich in meinen Schritten als Weg du betratest mein kindliches Wasser leuchte und schlag Wurzeln in meiner Verlorenheit.

Eine fruchtbare Benommenheit rankt sich um meinen Kopf ein Traum ist unter meinen Kissen meine Tage durchlöchern meine Hosentaschen die Welt ist abgetragen und Eva ist in meiner Hose schwanger.
Ich gehe auf dem Eis meiner Lüste ich gehe zwischen dem was verstört und dem Wunder ich gehe in der Rose.

Die Blumen der Verzweiflung welken und die Trauer rostet ein Heer von zermürbten Gesichtern durchquert die Geschichte eine Armee die wie ein Faden sich Gott ergab und kapitulierte eine Armee wie Schatten ich laufe in der Stimme der Opfer allein auf den Lippen des Todes wie ein Grab das auf einem Ball aus Licht balanciert.

Wir verschmolzen das Blut der Liebenden zu schützenden Wimpern ich hörte deinen Pulsschlag unter meiner Haut (bist du ein Wald?). Die Mauer fiel (warst du die Mauer?) fragte eine Möwe einen Faden im Meer ein Kapitän umschmeichelte sie der Schnee des Reisenden besang eine Sonne die er nicht sah (bist du meine Sonne?) meine Sonne war eine Feder die die Weiten trank der Verschollene hörte eine Stimme (bist du meine Stimme?) meine Stimme war meine Zeit dein begehrlicher Puls und deine Brüste waren meine Schwärze und jede Nacht meine Weiße. Eine Wolke kroch ich überließ mein Antlitz der Flut und irrte in meinen Trümmern umher.

So liebte ich ein Zelt
Ich machte den Sand in seinen Augen

شجرًا يمطر والصحراء غيمَه
قلتُ: هذي الجرَّة المنكسره
أمّة مهزومةٌ، هذا الفضاءْ
رَمَدٌ. هذي العيونْ
حُفَرٌ. قلت الجنون
كوكبٌ مختبئٌ في شجره.
سأرى وجه الغرابْ
في تقاطيع بلادي، وأسمّي
كفنًا هذا الكتابْ
وأسمِّي جيفةً هذي المدينه
وأسمِّي شجرَ الشام عصافير حزينه
(ربما تولَدُ بعد التّسمهْ
زهرة أو أغنيهْ)
وأسمِّي قمرَ الصحراء نخلهْ
ربما استيقظت الأرض وعادت
طفلةً أو حلْم طفلهْ
لم يعد شيءٌ يغنِّي أغنياتي:
سيجيء الرافضونْ
ويجيء الضوء في ميعادِه ...

لم يعد غيرُ الجنونْ
هل لتاريخيَ في ليلكَ طفلٌ
يا رمادَ المدفأه
غضبُ الثورة جمرٌ عاشقٌ
وأغانيَّ امرأهْ:
هل لتارخيَ في ليلكَ طفلٌ
ألغبارُ التراثيّ في العظم ألَجَأْ؟ هل يُلجئُ الغبارْ؟ لا مكانٌ ولا ينفع الموتُ... هذا
دُوارْ
من يرى جثة العصفور على وجهه ويكبو لا حِراكٌ
يحسُ الكهولَهْ
حلْمةً للطفولَهْ

Zu einem Baum der regnen kann
Und die Wüste zu einer Wolke
Ich sagte: Dieser zerbrochene Krug
Ist eine besiegte Nation
Dieser Weltraum
Ist Asche. Diese Augen
Eine Grube. Ich sagte
Der Wahn
Ist ein Stern
Versteckt im Baum.
Ich werde das Antlitz des Raben
In den Falten meines Landes sehen
Und nenne
Leichentuch jenes Buch
Und nenne
Leichnam diese Stadt
Nenne die Bäume von Damaskus
Traurige Vögel
(Vielleicht entsteht aus diesem Namen
Eine Blume oder ein Lied)
Ich nenne Palme
Den Mond der Wüste
Vielleicht wacht die Erde ja auf
Und kehrte zurück als Kind oder Traum eines Kindes
Niemand mehr singt meine Lieder
Die Verweigerer werden kommen
Und auch das Licht wird kommen
Zu seiner Zeit …

Nur noch der Wahn existiert
Hat meine Geschichte in deiner Nacht ein Kind?
O Asche im Ofen
Der Zorn der Revolution ist die liebende Glut
Und die Lieder sind eine Frau:
Hat meine Geschichte in deiner Nacht ein Kind?
Der Staub der Hinterlassenschaft in meinen Knochen soll ich fliehen? Bietet Zuflucht der Staub?
Es gibt keinen Ort und der Tod nützt nichts … dieses Schwindelgefühl
Eines der die Leiche der Epochen auf seinem Gesicht erkennt und strauchelt. Keine Bewegung

قادرٌ أن أُغيِّر: لغْمُ الحضارة – هذا هو اسْمي

عُدْ إلى كهفكَ التواريخُ أسرابُ جرادٍ، هذا التاريخُ يسكنُ في حضن بغيٍّ يجترُّ يشهقُ في جوف أتانٍ ويشتهي عفنَ الأرض ويمشي في دُورةٍ عُد إلى كهفكَ واخفض عينيكَ

أَلمح كِلْمَهْ
كلنا حولها سرابٌ وطينٌ لا امروُ القيس هزَّها والمعرِّي طفلُها وانحنى تحتها الجُنَيْدُ وانحنى الحلاج والنِّفري روى المتنبي أنها الصَّوت والصَّدى أنتَ مملوكٌ هيَ المالكُ
انفصلْ عن مسارات خطاها تَضِعْ تُغَرَّبْ تصرْ غولاً تصرْ مَسلخًا هي الحلْمُ الحالِمُ وَهْيَ الملاك ترتسمُ الأمة فيها كبذْرَةٍ
عُدْ إلى كهفكَ
ماذا؟ نَفوهُ أو قتلوهُ؟
قتلوهُ ... لا لن أُحدِّث عن موت صديقي: ريفٌ من الزَّهَر الأصفر حولي لكن سأكتب عن آخر غصنٍ في أرزةِ البيتِ عن رفٍّ يمامٍ يجرّ سجّادة الليلِ عن الحلْم عاليًا كبُروجٍ

قتلوهُ لا لن أفوهَ بأسماء شهودٍ أو قاتلينَ ولن أبكي
سأبكي لأمةٍ وُلدت خرساء للتّمِّ حاضنًا زرقة الشطآن يبكي: لِمَ البكاء على طفلٍ على شاعرٍ؟
سأكتب عن آخر فَيْءٍ لأرزة البيت عن رفّ حمامٍ يجرّ سجّادة الليل عن الحلم عاليًا كجبالِ

وضعَ السيد الخليفة قانونًا من الماءِ شعبُه المرَقُ الطّينُ سيوفٌ مصهورةٌ وضع السيد تاجًا مُرصَّعًا بعيون الناس هل هذه المدينة آيٌ؟ هل ثياب النساء من ورق المصحفِ أدخلت محجري
في مضيقٍ حفرته الساعاتُ ساءلتُ هل شعبيَ نهرٌ بلا مصبٍّ؟

Er empfindet das Alter
Als Brust für die Kindheit.

Fähig zu verwandeln: Mine für die Zivilisation – dies ist mein Name

Kehr in deine Höhle zurück die Geschichten sind Wolken von Heuschrecken die Geschichte wohnt an der Brust einer Hure die stöhnt und wiederkäut die im Bauch einer Eselin die Fäulnis der Erde begehrt und auf der Made reitet kehr in deine Höhle zurück und schlag die Augen nieder

Ich höre ein Wort
Neben diesem Wort sind wir alle Trugbild oder Lehm, Imru l-Qais[36] hat nicht daran gerüttelt, al-Maarri[37] war sein Sohn und al-Djunaid[38] verneigte sich al-Halladj[39] verneigte sich und an-Niffari[40]   al-Mutanabbi[41] erzählte daß es eine Stimme und ein Echo war   du bist der Beherrschte und er ist der Beherrscher
Der Engel[42]   In ihm zeichnet sich die Nation wie ein Korn
Kehr in deine Höhle zurück
Was: Haben sie ihn vertrieben oder getötet?
Sie haben ihn getötet ... nein, ich werde nicht über den Tod meines Freundes sprechen: Ich stehe in einem Feld aus gelben Blumen   aber ich werde schreiben über den letzten Ast der Zeder des Hauses über den Flügelschlag der Taube die den Teppich der Nacht von einem Traum fortzieht hoch wie ein Turm.

Sie töteten ihn nein ich werde die Namen der Zeugen oder Kämpfer nicht nennen werde nicht weinen
Ich werde weinen für die Nation die stumm geboren wurde für den Schwan der das Blau der Küsten umarmt weine ich: Warum das Kind beweinen warum den Dichter? Ich schreibe über den letzten Schatten der Zeder des Hauses über den Flügelschlag der Taube die den Teppich der Nacht von einem Traum fortzieht der hoch ist wie die Berge.

Der Herr Kalif erließ ein Gesetz aus Wasser sein Volk ist die Brühe der Lehm die eingeschmolzenen Schwerter der Herr setzte eine Krone auf die mit Menschenaugen geschmückt ist   ist diese Stadt ein Koranvers? Sind die Kleider der Frauen aus dem Papier des Koran?
Ich habe meine Achse in eine Enge eingeführt welche die Stunden gegraben haben ich habe gefragt ist mein Volk ein Fluß ohne Mündung?

أغنِّي
لُغَة النصْل   أصرخُ انثقب الدهر وطاحت جدرانُه بين أحشائي   تقيّأت لم
يعد ليَ تاريخٌ ولا حاضرٌ   أنا الأرَقُ الشمسيُّ والفُوهة الخطيئة والفعلُ   انتظرْني
يا راكب الغيم أشيائيَ تُغوى والشمس تخبط أطرافي أنا الساكن المدى والمزامير أنا
الغصنُ لاجئًا: أصْغِ هل تسمع هذا النواح في كبد العالم؟   أُصغي للموت بين
تجاعيدي   هَذْينا

هذيت كي أحسن الموت اصطفيتُ النهدين بين تقاليديَ
هل جلدكِ السقوط هل الفخذان جرحٌ ملأته   التأم العالم   هل أنتِ مقلعُ
الليل في جلديَ؟ فأسي مسنونةٌ صرتُ نبعًا آخرًا ضِفّتي تسيل ذراعاك اعترافٌ قوسٌ
حملتكِ وجهي صخَبٌ طائر تقاسَمهُ الصوت اسْأليني أُجِبْ ...

تكلَّمَ جَفْرٌ رصدتني خيولهُ انطفأ الهمسُ (أعندي أعندَكِ الآن ما يُهمسُ؟)   نارٌ
ملجومةٌ سفنٌ تجنَحُ بحرٌ مروّضٌ
فتح النورس عينيه أغلقي   نَسيَ الفتحة   في ريشه المشعّثِ ماءٌ وشرارٌ
لو كان لو عرف الرَّعد في يديَّ

هُدوءًا هذه قُبّةٌ وسُكنايَ في فُوهَة نهْد   أظلّ أحفر لو غيّرت لو غيّر الغبارُ عذاراهُ لو
النار   همزةٌ ...

ذُبْتِ في جنسيَ بلا حدودٍ ولا سيفٍ تلاَشيْ لاشِي تلاشيتُ وجهٌ واحدٌ نحن لا قميصيَ تفّاحٌ
ولا أنتِ جنّةٌ نحن حقلٌ وحصادٌ والشمس تحرسُ أنْضجْتُكِ جيئي من ذلك الطرف
الأخضر هذا قطافنا جسدانا زارعٌ حاصِدٌ

وحيدةَ أعضائيَ جيئي من ذلك الطَّرَف   استحضرتُ موتي
وسلسليني ملكنا جَمْرَةَ الوقتِ والحنين ملكنا رَغَد الكون وهو يلتحف الناس اهتدينا ...
قرأتُ في ورقٍ أصفرَ أنّي أموت نفيًا تنورّتُ الصَّحارى
شعبي يشطُ ... نبشنا كلماتٍ دفينة طعمها طَعمُ العذارى
دمشق تدخل في ثوبيَ خوفًا حبًا تخالط أحشائيَ تلغو ...

Ich singe
die Sprache der Klinge ich schreie: das Schicksal ist gepfählt seine Mauer eingestürzt in meinen Eingeweiden Ich erbreche mich ich habe keine Geschichte mehr und keine Gegenwart. Ich bin die Schlaflosigkeit der Sonne die Öffnung die Sünde und die Tat erwarte mich o Wolkenreiter verführerisch ist meine Welt und die Sonne schlägt meine Glieder ich bin der Bewohner der weite Raum und die Flöten ich bin der Zweig wenn er Zuflucht sucht: Hör hin vernimmst du das Weinen im Herzen der Welt? Ich lausche zwischen meinen Falten dem Tod wir stammeln

Um den Tod zu verschönern stammelte ich: Unter meinen Sitten habe ich zwei Brüste ausgewählt ist deine Haut der Fall sind zwei Schenkel eine Wunde die ich verband? Die Welt vernarbte Bist du der Steinbruch der Nacht in meiner Haut? Meine Axt ist scharf ich wurde zur neuen Quelle meine Ufer fließen über deine Arme schöpfen aus mir wie ein Regenbogen ich trug dich mein Antlitz: Geräusch eines Vogels von der Stimme zerschnitten frag mich ich werde antworten …

Eine Weissagung sprach ihre Pferde belauerten mich das Flüstern erstarb (hätte ich hättest du jetzt noch etwas zu flüstern?) gezähmtes Feuer Schiffe die auf Grund laufen gebändigtes Meer
Die Möwe hat ihre Augen geöffnet schließ die Augen sie vergaß das Schlupfloch in ihren zerzausten Federn sind Wasser und Funken wäre ja wüßte der Donner ja wäre er in meiner Hand

Sachte hier ist ein Kuppelgrab meine Wohnstatt in der Mündung der Brust ich grabe weiter wenn ich nur änderte wenn der Staub nur seine Jungfrauen änderte wenn das Feuer nur Hamza[43] wäre …

Ich zerschmolz in meinem Geschlecht mein Geschlecht ohne Grenzen Tempus ohne Schwert löse dich in nichts auf nichts ich wurde zu nichts wir sind ein Gesicht kein Hemd ein Apfel und du bist kein Paradiesgarten wir sind ein Feld Ernte Sonne sie schützt ich brachte dich zur Reife komm her aus jener grünen Ecke das ist unsere Lese unsere beiden Körper sind Säender Erntender

O einziges meiner Glieder komm aus jener Ecke ich habe meinen Tod herbeigerufen verkette mich unser Reich ist die Glut der Zeit die Sehnsucht ist unser Reich der Reichtum der Welt der die Menschen einwickelt wir sind rechtgeleitet …
Auf einem vergilbten Blatt las ich daß ich sterbe im Exil ich erleuchtete Wüsten mein Volk geht zu weit … wir exhumierten begrabene Worte von jungfräulichem

لفظتِ جلدكِ خلِّي شفتيك اصهريهما بين أسناني أنا الليل والنهارُ أنا الوقتُ انصهرنا تأصّلي
فيِ متاهي ...

هكذا أحببتُ خيمه
وجعلتُ الرَّمل في أهدابها
شجرًا يمطر والصحراء غيمَهْ
ورأيتُ اللهَ كالشّحاذ في أرضٍ عليٍّ
وأكلت الشمس في أرض عليٍّ
وخبزت المئذَنهْ
ورأيت البحر يأتي في ضباب المدخنه
هائجًا يهمس:
مَن كوَّننا
لم يكن تكوينه إلاّ سقيفَهْ
رجَّها الإعصار فانهارت وصارت
خشبًا يُحرَقُ في دار خليفهْ.

نادرٌ أن ينطقَ البحرُ ولكن
نطقَ البحرُ: ييسنا
ييبس التاريخ من تكرارهِ
في طواحين الهواءْ
سقطَ الخالق في تابوتهِ
سقطَ المخلوقُ في تابوتهِ ...
والنساء ارتحْن في مقصورةٍ
ينتشلن الليلَ من آبارهِ
ويخيِّطنَ السماءْ
ويغنِّين: عليٌّ لهَبٌ
ساحرٌ مشتعلٌ في كل ماءْ
ويسائلن السماء:
نجمةٌ أو مومياءْ
هذه الأرضُ؟
ويفتِّقنَ السّماء
ويرقِّعن السماءْ
قَبرَ الدجّالُ في عينيه شعبًا
نَبشَ الدّجالُ من عينِيه شعبًا
وسمعناه يصلِّي فوقه
ورأيناه يحيِّيه ويجثو

Geschmack Damaskus kehrt in mein Kleid ein aus Liebe aus Furcht mischt sich unter meine Eingeweide spricht …
Du hast deine Haut abgestoßen laß deine Lippen hier laß sie schmelzen zwischen meinen Zähnen ich bin die Nacht und der Tag ich bin die Zeit wir sind verschmolzen schlag Wurzeln in meinem Labyrinth …

So lernte ich ein Zelt zu lieben
Und machte aus dem Sand in ihren Wimpern
Einen regnenden Baum und die Wüste zu einer Wolke
Und ich sah Gott als Bettler im Lande Alis
Und nährte mich von der Sonne Alis
Und verwandelte das Minarett in Brot
Und sah das Meer im Rauch des Schornsteins kommen
Aufbrausend flüsterte es:
Die Schöpfung dessen
Der uns erschuf war nur eine Hütte
Über die der Sturm hinwegfegte sie zerstörte
Und in Brennholz verwandelte
Das im Palast des Kalifen verfeuert wurde

Selten nur spricht das Meer
Aber hier sprach es: Wir sind verwelkt
Die Geschichte verwelkte in Windmühlen
Ständig sich wiederholend
Der Schöpfer fiel in seinen Sarg
Die Schöpfung fiel in ihren Sarg …
Und die Frauen ruhen aus in ihrer Kammer
Ziehen die Nacht aus ihrem Brunnen
Und nähen den Himmel
Während sie singen: Ali ist eine Flamme
Ein Zauberer der in allen Wassern brennt
Und sie befragen den Himmel:
Ist diese Erde
Ein Stern oder eine Mumie
Sie flicken den Himmel
Und trennen ihn wieder auf
Der falsche Prophet hat in seinen Augen ein Volk begraben
Der falsche Prophet hat in seinen Augen ein Volk wieder ausgegraben
Wir haben gehört wie er darüber betete
Wir sahen wie er es grüßte und auf die Knie fiel

ورأينا
كيف صار الشعب في كفّيه ماء
ورأينا
كيف صار الماء طاحون هواءْ.

جزُرٌ للهيب تصعدُ فيها أسيا يصعدُ الغدُ   انطفأت شمس   حلمنا بغير ما
هجسَ الليل   نهاري يقاسُ باللَّهب   استصرختُ صوتُ الشعوب يفتتحُ
الكونَ ويُغوي

لستُ الرَّمادَ ولا الرِّيحَ

سريري أشهى وأبعدُ   أقفاصٌ دروبٌ مهجورَةٌ
فرسُ الماضي رمادٌ وصبغةُ الله لونٌ آخرٌ
لا يَدٌ عليٌّ
عليٌّ أبدُ النار والطفولة   هل تسمع برق العصور تسمع آهاتِ خطاها؟ هل الطريقُ
كتابٌ أو يدٌ؟   إصبعُ الغبار كدرويشٍ يغنّي ملكَ الأساطير   هاتوا وطنًا قرّبوا
المدائن
هزّوا شجر الحلم غيّروا شجر النوم كلامِ السماء للأرضِ
طفلٌ تائهٌ تحت سرّةِ امرأةٍ سوداء بحثا
طفلٌ يشبُّ
وللأرضِ إلهٌ أعمى يموت ...

سلامٌ

لوجوهٍ تسير في وحدة الصحراء للشرق يلبس العشب والنارَ   سلامٌ للأرض يغسلها
البحر سلامٌ لحبّها ...
عُريُكَ الصاعقُ أُعطى أمطاره يتعاطاني رعدٌ في نهديَ
اختمر الوقت تَقدَّمْ هذا دمي ألَقُ الشرق اغْترِفْني وغِبْ أضِعْني لفخذيك الدَّويُّ البرق
اغترفني تبطّن جسَدي

ناريَ التوجّه والكوكب جرحي هدايةٌ أتهجّى ...
أتهجّى نجمةً أرسمُها
هاربًا من وطني في وطني
أتهجّى نجمة يرسمها
في خطى أيامه المنهزمه

Wir sahen
Wie das Volk in seinen Händen zu Wasser wurde
Wir sahen wie das Wasser zur Windmühle wurde

Inseln aus Flammen in denen sich Asien erhebt der Morgen sich erhebt Die Sonne verlöschte Wovon die Nacht nicht zu träumen wagt davon träumten wir mein Tag mißt sich mit der Flamme ich schrie um Hilfe und die Stimme des Volkes verführte das Universum

Nicht Asche bin ich nicht Wind

Mein Bett ist begehrenswerter ferner meine Käfige sind verlassene Wege das Pferd der Vergangenheit Asche und Gottes Tünche eine andere Farbe
Keine Hand auf mir
Ali Ewigkeit der Kindheit und des Feuers hörst du den Blitz der Zeiten und das Stöhnen ihrer Schritte? Ist der Weg Hand oder Buch? Der Finger des Staubs ist wie ein Derwisch der den König der Mythen besingt. Her mit der Heimat her mit den Städten schüttelt den Baum des Traums ändert den Baum des Schlafs und das Wort des Himmels an die Erde
Ein verirrtes umhersuchendes Kind unter dem Nabel einer schwarzen Frau
Ein Kind das heranreift
Und die Erde hat nur
einen blinden sterbenden Gott …

Friede!

Für die Gesichter die in der Einsamkeit der Wüste laufen für den Orient der in Gras und Feuer gekleidet ist Friede der Erde die vom Meer gewaschen wird Friede ihrer Liebe … Deine blitzartige Nacktheit hat mir den Regen gegeben der Donner hat sich mir gewidmet in meinen Brüsten schwoll die Zeit schreite voran mein Blut Blitz des Orients schöpfe mich aus und entschwinde laß mich verlorengehen das Dröhnen des Blitzes für deine Schenkel schöpfe mich aus deck dich zu mit meinem Körper

Mein Feuer ist die Richtung und der Stern meine Wunde ist der rechte Weg ich buchstabiere ihn
Ich buchstabiere den Stern den ich male
Ich flieh in meinem Land aus meinem Land
Ich buchstabiere den Stern den es malt

يا رماد الكلمه
هل لتاريخيَ في ليلك طفل؟

لم يعدْ غير الجنونْ

إنني ألمحه الآن على شبّاك بيتي
ساهرًا بين الحجار الساهره
مثل طفلٍ علمته الساحره
أنّ في البحر امرأه
حَملتْ تاريخه في خاتمٍ
وستأتي
حينما تخمد نارُ المدفأه
ويذوب الليل من أحزانهِ
في رماد المدفأه ...

لم أُؤرّخْ عائشٌ في الحنين في النار ... ورأيت التاريخ في رايةٍ سوداء يمشي كغابةٍ
في الثورة في سحر سُمِّها الخلاّق

وطني هذه الشرارة، هذا البرق في ظلمة الزّمان الباقي ...

(أوائل كانون الثاني، ١٩٦٩)

In den Schritten seiner besiegten Tage
O Asche des Worts
Hat meine Geschichte in deiner Nacht ein Kind?

Nur der Wahn bleibt

Ich sehe ihn jetzt im Fenster meines Hauses
Wachend zwischen den wachen Steinen
Wie ein Kind das die Zauberin lehrte
Daß im Meer eine Frau lebt
Die seine Geschichte in einem Ring mit sich trägt
Und daß sie kommen wird
Wenn das Feuer im Ofen verlischt
Und die Nacht vor Trauer schmilzt
In seiner Asche …

Ich sah die Geschichte in eine schwarze Fahne gehüllt sie ging wie ein Wald ich habe nichts datiert ich lebe in der Sehnsucht im Feuer in der Revolution im Zauber ihres schöpferischen Gifts

Mein Land ist dieser Funke dieser Blitz in der Dunkelheit der kommenden Zeit

(Anfang Januar 1969)

قبر من أجل نيويورك   Ein Grab für New York

-١-

حتى الآن، تُرسم الأرض إجَّاصةً
أعني ثديًا
لكن، ليس بين الثدي والشهادة إلاّ حليةٌ هندسية:

نيويورك،
حضارةٌ بأربع أَرجل؛ كلّ جهةٍ قتلٌ وطريقٌ إلى القتل،
وفي المسافات أنين الغرقى.

نيويورك،
امرأةٌ – تمثال امرأةٍ
في يدٍ ترفع خِرقْةً يسمّيها الحريةَ ورقٌ نسميّه التاريخ
وفي يدٍ تخنق طفلةً اسمها الأرض

نيويورك،
جسدٌ بلون الإسفلت. حول خاصرتها زنّارٌ رطب، وجهها شبّاك مغلق ... قلت: يفتحه وولت ويتمان – «أقول كلمة السر الأصلية» – لكن لم يسمعها غير إلهٍ لم يعد في مكانه. السجناء، العبيد، اليائسون، اللصوص، المرضى يتدفقون من حنجرته، ولا فتحة، لا طريق. وقلت جسر بروكلين! لكنه الجسر الذي يصل بين ويتمان ووول ستريت، بين الورقة – العشب والورقة – الدولار ...

نيويورك – هارلم،
مَن الآتي في مقصلةِ حرير، مَن الذاهب في قبر بطول الهدسون؟ انفجرْ يا طقس الدمع، تلاحمي يا أشياء التعب. زرقةٌ، صفرةٌ، وردٌ، ياسمينٌ والضوء يسنّ دبابيسه، وفي الوخز تولدُ الشمس. هل اشتعلتَ أيها الجرح المختبئ بين الفخذ والفخذ؟ هل جاءك طائر الموت وسمعت آخر الحشرجة؟ حبلٌ: والعنقُ يجدل الكآبة وفي الدم سويداء الساعة ...

1

Bis jetzt wurde die Erde als Birne gemalt,
    das heißt: als Brust,
doch zwischen der Erde als Brust und der Erde als Grabstein liegt nur
eine architektonische List:

New York
eine Zivilisation auf vier Füßen
jede Richtung ein Mord oder ein Weg zum Mord,
und in der Ferne: das Stöhnen Ertrunkener.

New York
eine Frau – die Statue einer Frau,
in einer Hand hält sie den Fetzen, der Freiheit genannt wird,
das Stück Papier, das wir Geschichte nennen,
und mit der anderen Hand erwürgt sie ein Kind, das Erde heißt.

New York
Leib einer Frau von der Farbe des Asphalts. Um ihre Hüfte läuft ein naßkalter Gürtel, ihr Antlitz ist ein verschlossenes Fenster … ich sprach: Walt Whitman wird es öffnen – »I speak the password primeval«[44] – Doch hört es niemand außer einem Gott, der nicht zurückkehrt. Die Gefangenen, die Sklaven, die Elenden, die Diebe, die Kranken, sie alle wollen aus seiner Kehle hervorsprudeln, doch es gibt keine Öffnung, keinen Weg.
Ich sprach: Brooklyn Bridge! Doch das ist die Brücke, die Whitman und die Wall Street verbindet, das Papier der ›Grashalme‹ mit dem der Dollarnoten …

New York – Harlem
Wer kommt in einer Guillotine aus Seide, wer geht fort in einem Grab von der Länge des Hudson? Explodiere, o Ritual der Tränen, haltet zusammen, ihr Dinge voller Erschöpfung. Ein Blau, ein Gelb, Rosen, Jasmin – während das Licht seine Spitzen schärft und in den Stichen die Sonne geboren wird. O Wunde zwischen den Schenkeln, hast du Feuer gefangen? Ist der Todesvogel zu dir gekommen, hast du das Ende des Röchelns gehört? Ein Strick, und im Hals setzt sich die Schwermut fest, im Blut ist das Innerste der Stunde …

نيويورك – ماديسون – بارك افينيو – هارلم،
كسلٌ يشبه العمل، عملٌ يشبه الكسل. القلوب محشوةٌ إسفنْجًا والأيدي منفوخةٌ قصبًا.
ومن أكداس القذارة وأقنعة الامبايرستست، يعلو التاريخ روائح تتدلّى صفائحَ صفائح:
ليس البصر أعمى بل الرأس،
ليس الكلام أجردَ بل اللسان.

نيويورك – وول ستريت – الشارع ١٢٥ – الشارع الخامس
شبحٌ ميدوزيٌّ يرتفع بين الكتف والكتف. سوق العبيد من كل جنس. بشرٌ يحيون كالنبات في الحدائق الزجاجية. بائسون غير منظورين يتغلغلون كالغبار في نسيج الفضاء – ضحايا لولبية،
الشمس مأتمٌ
والنهار طبلٌ أسود.

-٢-

هنا،
في الجهة الطحلبيّة من صخرة العالم، لا يراني إلاّ زنجيّ يكاد أن يُقتل أو عصفورٌ يكاد أن يموت، فكّرت:
نبتةٌ في أصيصٍ أحمر كانت تتحول وأنا أبتعد عن العتبة، وقرأت:
عن فئران في بيروت وغيرها ترفل في حرير بيت أبيض، تتسلح بالورق وتقرض البشر،
عن بقايا خنازير في بساتين الأبجدية تدوس الشعر،
ورأيت:

أينما كنت – بتسبورغ (انتيرناشينال بويتري
فورم)، جون هوبكنز (واشنطن)،
هارفارد (كامبردج، بوسطن)، آن
آربر (ميشيغن، ديترويت)، نادي
الصحافة الأجنبية، النادي العربي في
مقر الأمم المتحدة (نيويورك)،
برنستون، تمبل (فيلادلفيا)،

رأيتُ
الخريطةَ العربية فرَسًا تجرجر خطواتها والزمن يتهدّل كالخرْج نحو القبر أو نحو الظل الأكثر عتمة، نحو النار المنطفئة أو نحو نار تنطفئ؛ تكتشف كيمياء البعيد الآخر في

New York – Madison – Park Avenue – Harlem
Eine Trägheit, die der Arbeit ähnelt, eine Arbeit, die der Trägheit ähnelt. Die Herzen sind mit Schwämmen ausgestopft, und die Hände prall wie Zuckerrohr. Aus den Müllhaufen und Masken des Empire State Building steigt die Geschichte als Geruch auf, der sich Schicht um Schicht absetzt:
Nicht das Auge, sondern der Kopf ist blind,
nicht die Worte sind verödet, sondern die Zunge.

New York – Wall Street – 125. Straße – 5. Avenue
Ein Medusenhaupt erhebt sich zwischen Schulter und Schulter. Ein Markt von Sklaven aus allen Völkern. Menschen, die wie Pflanzen in gläsernen Gärten leben. Elende, unsichtbar, die wie Staub in das Gewebe der Leere getaucht sind – Opfer, zu Spiralen verzerrt.
Die Sonne ist eine Trauerfeier
und der Tag eine schwarze Trommel.

2

Hier
an der Moosseite des Felsens der Welt, sieht mich nur ein Schwarzer, der beinahe ermordet wird, oder ein Spatz, der fast stirbt. Ich dachte:
Die Pflanze im roten Blumentopf hat sich gewandelt, während ich mich von der Schwelle entfernte. Und ich las:
Von den Ratten in Beirut und anderswo, die auf der Seide des Weißen Hauses einherstolzieren, sich mit Papieren rüsten und die Menschheit benagen.
Von ein paar Schweinen in den Gärten des Alphabets, die die Dichtung zertrampeln, und ich sah,

wo immer ich war –
Pittsburgh (International Poetry Forum), John Hopkins (Washington), Harvard (Cambridge, Boston), Ann Arbor (Michigan, Detroit), Ausländischer Presseclub, Arabischer Club am Sitz der Vereinten Nationen (New York), Princeton, Temple (Philadelphia)

Ich sah
die arabische Geschichte als Gaul, der seine Hufe nachzieht, während die Zeit wie eine Satteltasche auf das Grab oder einen dunkleren Schatten herabhängt, auf ein

كركوك الظهران وما تبقّى من هذه القلاع في أَفراسيا العربية. وها هو العالم ينضج بين أيدينا. هَهْ! نهيّء الحرب الثالثة، ونقيم المكاتب الأولى والثانية والثالثة والرابعة لنتأكد:
١– في تلك الناحية حفلة جاز،
٢– في هذا البيت شخصٌ لا يملك غير الحبر،
٣– في هذه الشجرة عصفور يغني،

ولنعلن:
١– الفضاء يُقاس بالقفص أو بالجدار،
٢– الزّمن يُقاس بالحبل أو بالسوط،
٣– النظام الذي يبني العالم هو الذي يبدأ بقتل الأخ،
٤– القمر والشمس درهمان يلمعان تحت كرسي السلطان،

ورأيتُ
أسماء عربية في سعة الأرض أكثر حنوًّا من العين، تُضيء لكن كما يضيء كوكبٌ متشرّد «لا أسلاف له وفي خطواته جذوره ...»

هنا،
في الجهة الطحلبية من صخرة العالم أعرف، أعترف. أذكر نبتةً أسميها الحياة أو بلاديَ، الموتَ أو بلادي – ريحًا تجمد كالملاءة، وجهًا يقتل اللعب، عينًا تطرد الضوء، وأبتكر ضدّك يا بلادي،

أهبط في جحيمكِ وأصرخ:
أقطّر لكِ إكسيرًا سامًّا وأحييكِ،

وأعترف: نيويورك، لكِ في بلادي الرّواق والسرير، الكرسي والرأس. وكل شيءٍ للبيع: النهار والليل، حجر مكّة وماء دجلة. وأعلن: مع ذلك تلهثين – تسابقين في فلسطين، في هانوي، في الشمال والجنوب، الشرق والغرب، أشخاصًا لا تاريخ لهم غير النار،
وأقول: منذ يوحنا المعمدان، يحمل كلٌّ منا رأسه المقطوعَ في صحنٍ وينتظر الولادة الثانية.

erloschenes Feuer oder ein Feuer, das erlischt. Sie entdeckt die Alchemie der anderen Dimension in Kirkuk, in Dhahran[45] und den übrigen Festungen des arabischen Afro-Asien. So reift die Welt zwischen unseren Händen. Ha! Wir bereiten den dritten Weltkrieg vor und richten das erste, das zweite[46], das dritte und das vierte Büro ein, um bestätigt zu finden:

1. In dieser Gegend ist ein Jazzfestival.
2. In diesem Haus wohnt jemand, der nichts als Tinte besitzt.
3. In diesem Baum hockt ein Vogel und singt.

Damit wir erklären können:

1. Der Raum wird am Käfig oder an der Wand bemessen.
2. Die Zeit wird am Strick oder an der Peitsche gemessen.
3. Die Ordnung, auf der die Welt beruht, beginnt mit dem Brudermord.
4. Der Mond und die Sonne sind zwei Dirhams[47], die unter dem Thron des Sultans leuchten.

Und ich sah
arabische Namen so weit wie die Erde, sanfter als das Auge, leuchtend, doch wie ein aus der Bahn geratener Stern, »er hat keine Vorfahren, und seine Wurzeln sind in seinen Schritten …«[48].

Hier
an der Moosseite des Felsens der Welt, hier lerne ich kennen und bekenne. Ich entsinne mich einer Pflanze, die ich mein Land oder Leben nenne, mein Land oder Tod – einen Wind, der erstarrt und zum Schleier wird, anstatt ihn fortzuwehen, ein Antlitz, welches das Spiel verdirbt, ein Auge, das das Licht verjagt – ich erfinde dein Gegenteil, o mein Land.

> Ich steige in deine Hölle hinab und schreie:
> Ich belebe dich, indem ich dir Gift einflöße

Und ich bekenne: New York, dir gehören in meinem Land das Zelt und das Bett, der Thron und der Kopf. Und alles steht zum Verkauf: Der Tag und die Nacht, der Schwarze Stein von Mekka und das Wasser des Tigris. Und ich verkünde: Trotzdem keuchst du, und in Palästina, in Hanoi, im Norden und im Süden, im Osten und im Westen rivalisierst du mit Menschen, die keine andere Geschichte haben als das Feuer.
Und ich sage: Seit Johannes dem Täufer trägt jeder seinen abgeschlagenen Kopf auf einem Teller herum und erwartet die zweite Geburt.

-٣-

تفتّتي يا تماثيل الحرية، أيتها المسامير المغروسة في الصدور بحكمةٍ تقلّد حكمة الورد.
الريح تهبّ ثانية من الشرق، تقتلع الخيام وناطحات السحاب. وثمة جناحان يكتبان:
أبجديةٌ ثانية تطلعُ في تضاريس الغرب،
والشمسُ ابنةُ شجرةٍ في بستان القدس.
هكذا أضرمُ لهبي. أبدأ من جديد، أشكّل وأحدّد:

نيويورك،
امرأةٌ من القش والسرير يتأرجَحُ بين الفراغ والفراغ، وها هو السقف يهترئ: كل كلمةٍ إشارةُ سقوطٍ، كل حركةٍ رفشٌ أو فأس. وفي اليمين واليسار أجسادٌ تحب أن تغير الحبَّ النظر السمع الشمَّ اللمس والتغيّر – تفتح الزمن كبوابةٍ تكسرها وترتجل الساعات الباقية الجنسَ الشعرَ الأخلاقَ العطشَ القولَ الصّمت وتنفي الأقفال.
قلت: أغري بيروت،

– «أبحثْ عن الفعل. ماتت الكلمة»، يقول آخرون. الكلمة ماتت لأن ألسنتكم تركت عادة الكلام إلى عادة الموْمأة. الكلمة؟ تريدون أن تكتشفوا نارها؟ إذن، اكتبوا. أقول اكتبوا، ولا أقول مَوْمئوا، ولا أقول انسخوا. اكتبوا – من المحيط إلى الخليج لا أسمع لسانًا، لا أقرأ كلمة. أسمع تصويتًا. لذلك لا ألمح من يلقي نارًا.
الكلمة أخفّ شيءٍ تحمل كل شيء. الفعل جهةٌ ولحظةٌ، والكلمة الجهات كلها الوقتُ كله.
الكلمة – اليد، اليد – الحلم

أكتشفكِ أيتها النار يا عاصمتي،
أكتشفكَ أيها الشعر،

وأغري بيروت. تلبسني وألبسها. نشرد كالشعاع ونسأل: من يقرأ، من يرى؟ الفانتوم لدايان والنفط يجري إلى مستقرّه. صدق الله، ولم يخطئ ماو: «السلاح عاملٌ مهمٌ جدًا في الحرب، لكنه غير حاسم. الإنسانُ، لا السلاح، هو العامل الحاسم»، وليس هناك نصرٌ نهائيٌ ولا هزيمة نهائية.

3

Zerbröckele, o Freiheitsstatue, o ihr Nägel, die mit einer Kennerschaft in die Brust getrieben sind, welche die Weisheit der Rose nachahmt. Der Wind weht ein zweites Mal aus dem Osten, er entwurzelt die Wolkenkratzer ebenso wie die Zelte. Und zwei Flügel sind da, die niederschreiben:
Ein zweites Alphabet zeigt sich im Relief des Westens,
und die Sonne ist die Tochter eines Baums im Garten Jerusalem.
Meine Flamme lodert auf. Ich beginne von neuem, ich forme und definiere:

New York
Eine Frau aus Stroh und ein Bett, das zwischen Leere und Leere schaukelt. Ein baufälliges Dach: Jedes Wort ist das Zeichen eines Falls, jede Bewegung ist eine Schaufel oder eine Spitzhacke. Und rechts und links Leiber, die es lieben, die Liebe zu verändern, das Blicken, das Hören, das Riechen, das Ändern selbst – und die die Zeit erobern wie ein Tor, das sie einschlagen, während sie die übrigen Stunden vergeuden.

Der Sex, die Dichtung, die Moral, der Durst, die Rede, das Schweigen und das Brechen der Schlösser. Ich sage: Ich verführe Beirut.

»Suche die Tat, das Wort ist gestorben«, sagen die anderen. Das Wort ist gestorben, weil eure Zungen die Gewohnheit zu sprechen gegen die Gewohnheit des Gestikulierens eingetauscht haben.
Das Wort? Wollt ihr sein Feuer entdecken? Also schreibt. Ich sage, schreibt, und nicht, gestikuliert, und nicht, schreibt ab. Schreibt – vom Atlantik bis zum Persischen Golf höre ich keinen Laut, lese ich kein Wort. Ich höre Geschrei. Deshalb merke ich nicht, wer das Feuer wirft.
Ein Wort ist das leichteste Ding, doch es trägt alles. Die Tat ist eine Richtung, ein Moment, das Wort aber ist jede Richtung und jede Zeit. Das Wort – die Hand, die Hand – der Traum.

Ich entdecke dich, o Feuer, meine Hauptstadt,
Ich entdecke dich, Dichtung.

Und ich verführe Beirut. Es trägt mich als Kleid, und ich trage es als Kleid. Wir entweichen wie ein Strahl und fragen: Wer liest, wer sieht? Die Phantom für Moshe Dayan, und selbst das Öl fließt direkt zu seinem Wohnsitz. Gott sprach die Wahrheit, und Mao hatte recht: »Die Waffen sind ein sehr wichtiger Faktor im Krieg, aber nicht der entscheidende. Der Mensch, nicht die Waffen, sind der ent-

ردّدتُ هذه الأمثال والحكم، كما يفعل العربي في وول ستريت، حيث تصبّ أنها الذهب من كل لونٍ آتيةً من الينابيع. ورأيت بينها الأنهار العربية تحمل ملايين الأشياء ضحايا وتقدماتٍ إلى الوثن السيد. وبين الضحية والضحية يقهقه البحارة فيما يتدحرجون من كريزلر بيلدنغ، ليعودوا إلى الينابيع.

هكذا أضرم لهبي،
نسكن في الصخب الأسود لتمتلئ رئاتنا بهواء التاريخ،
نطلع في العيون السواء المسيّجة كالمقابر لنغلب الكسوف،
نسافر في الرأس الأسود لنواكب الشمس الآتية

-٤-

نيويورك، أيتها المرأة الجالسة في قوس الريح،
شكلاً أبعدَ من الذرَّة،
نقطةٍ تهرول في فضاء الأرقام،
فخذاً في السماء وفخذاً في الماء،

قولي أين نجمُكِ؟ المعركة آتيةٌ بين العشب والأدمغة الالكترونية. العمر كله معلّق على جدار، وها هو النزيف. في الأعلى رأسٌ يجمع بين القطب والقطب، في الوسط آسيا، وفي الأسفل قدمان لجسد غير منظور. أعرفك أيتها الجثة السابحة في مِسْك الخشخاش، أعرفك يا لعبة الثدي والثدي. أنظر إليكِ وأحلم بالثلج، أنظر إليكِ وأنتظر الخريف.

ثلجكِ يحمل الليل، ليلك يحمل الناس خفافيش تموت. كل جدارٍ فيكِ مقبرة. كل نهارٍ حفّارٌ أسود،
يحمل رغيفًا أسودَ صحنًا أسود
ويخطط بهما تاريخ البيت الأبيض:

scheidende Faktor.« Einen endgültigen Sieg und eine endgültige Niederlage gibt es nicht.

Wie es die Araber zu tun pflegen, wiederholte ich im Kopf diese Weisheiten und Sprichwörter, als ich durch die Wall Street ging, wo, aus der Ferne ihrer Quellen kommend, Flüsse münden, die in allen Goldtönen schillern. Unter ihnen sah ich arabische Flüsse, die Millionen zerfetzter Glieder, Opfer und Weihegeschenke zum großen Götzen trugen. Das schallende Gelächter der Schiffer erklang zwischen den Opfern, die sich das Chrysler Building hinabwälzten, um wieder zu ihren Quellen zurückzukehren.

Ich schüre meine Flamme,
wir hausen im schwarzen Gebrüll, damit unsere Lungen sich mit dem Wind der Geschichte füllen,
wir steigen in den schwarzen, friedhofsgleich ummauerten Augen auf, um die Sonnenfinsternis zu besiegen,
wir reisen im schwarzen Kopf, um die kommende Sonne zu eskortieren.

4

New York, o Frau die unter dem Bogen des Windes sitzt,
eine Gestalt, ferner als das Atom,
ein Punkt, der durch den Raum der Zahlen eilt,
ein Bein im Himmel und eins im Wasser.

Sag mir, wo ist dein Stern? Die künftige Schlacht wird zwischen Gras und Elektronenhirn stattfinden. Das gesamte Zeitalter ist an die Wand gehängt: Oben am Kopf, der die Pole verbindet, klebt Blut, in der Mitte hängt Asien und unten baumeln die Füße eines unsichtbaren Körpers. Ich kenne dich, Leichnam, der zwischen Moschus und Mohn schwimmt, ich kenne dich, Sprache von Brust zu Brust. Ich blicke dich an und träume vom Schnee, ich blicke dich an und erwarte den Herbst.

Dein Schnee trägt die Nacht, deine Nacht trägt die Menschen, als seien sie sterbende Fledermäuse. Jede Wand in dir ist ein Friedhof, jeder Tag ein schwarzer Totengräber, der schwarzes Brot und einen schwarzen Teller trägt, mit denen er die Geschichte des Weißen Hauses skizziert:

– أ –
ثمة كلابٌ تترابط عالقيد. ثمة قططٌ تلد خوذًا وسلاسل. وفي الأزقّة المتسللةِ على ظهور الجرذان، يتناسل الحرس الأبيض كالفطر.

– ب –
امرأةٌ تتقدم وراء كلبها المسرج كالحصان. للكلب خطوات الملك، وحوله تزحف المدينة جيشًا من الدمع. وحيث يتكدس الأطفال والشيوخ الذين يغطيهم الجلد الأسود، تنمو براءة الرصاص كالزرع، ويضرب الهلع صدر المدينة.

– ج –
هارلم – بدفورد ستويفنسنت: رملٌ من البشر يتكاثف بروجًا بروجًا. وجوه تنسج الأزمنة. النفايات ولائم للأطفال، الأطفال ولائم للجرذان ... في العيد الدائم لثالوثٍ آخر: الجابي، الشرطي، القاضي – سلطة الفتك – سيف الإبادة.

– د –
هارلم (الأسود يكره اليهودي)،
هارلم (الأسود لا يحب العربي حين يذكر تجارة الرقيق)،
هارلم – برودواي (البشر يَدخلون رخوياتٍ في أنابيق
الكحول والمخدرات)
برودواي – هارلم، مهرجان سلاسل وعصيّ، والشرطة جرثومة الزمن. طفلةٌ واحدة، عشر حمامات. العيون صناديق تتموّج بثلج أحمر، والزمن عكاز يعرج. إلى التعب أيها الزنجيّ الشيخ، الزنجي الطفل. إلى التعب أيضًا وأيضًا.

– ه –

هارلم،
لست آتيًا من الخارج: أعرف حقدك، أعرف خبزه الطيّب. ليس للمجاعة غير الرعد المفاجئ، ليس للسجون غير صاعقة العنف. ألمح نارك تتقدم تحت الإسفلت في خراطيمَ وأقنعة، في أكداسٍ من النفايات يحضنها عرش الهواء البارد، في خطوات منبوذةٍ تَنْتَعِل تاريخ الريح.

a)
Hunde, die sich wie Kettenglieder aneinanderreihen. Katzen, die Helme und Ketten gebären. Und in den Straßen, die über Rattenrücken verlaufen, vermehrt sich die weiße Wache wie Schimmel.

b)
Eine Frau geht hinter einem Hund her, der wie ein Pferd gesattelt ist. Der Hund hat den Gang eines Königs, und um ihn her marschiert die Stadt als ein Heer von Tränen. Wo die Kinder und die Alten von schwarzer Hautfarbe sich drängen, wächst die Unschuld der Kugeln wie junge Saat, auf der Brust der Stadt lastet die Angst.

c)
Harlem/Bedford-Stuyvesant: Der menschliche Sand türmt sich auf. Gesichter weben Zeiten. Der Müll ist ein Festmahl für die Kinder, die Kinder sind ein Festmahl für die Ratten … am ewigen Feiertag der anderen Dreifaltigkeit:
der Steuereintreiber, der Polizist, der Richter – die Herrschaft des Meuchelmords, das Schwert der Ausrottung.

d)
Harlem (die Schwarzen hassen die Juden)
Harlem (die Schwarzen mögen die Araber nicht, wenn sie sich an den Sklavenhandel erinnern)
Harlem – Broadway (Die Menschen sind wie Weichtiere in einem Versuchskolben aus Alkohol und Rauschgift)
Broadway – Harlem, ein Festival aus Ketten und Schlagstöcken, die Polizei ist der Bazillus der Zeit. Ein Schuß, zehn Tauben. Die Augen sind Kisten, schwankend in rotem Eis, und die Zeit ist eine humpelnde Krücke. Bis zur Erschöpfung, alter Neger, Negerkind. Wieder und wieder bis zur Erschöpfung.

5

Harlem
Ich bin euch nicht fremd: Ich kenne euren Haß, kenne sein köstliches Brot. Dem Hunger bleibt nur der jähe Donnerschlag, den Gefängnissen nur der Blitz der Gewalt. Ich sehe, wie sich dein Feuer in Schläuchen und Masken unter dem Asphalt ausdehnt, in den Müllhaufen, die der kalte Thron der Luft ausbrütet, in den verstoßenen Schritten, die mit der Geschichte des Winds beschuht sind.

هارلم،
الزمن يُحتَضر وأنتَ الساعة:
أسمع دموعًا تهدر كالبراكين،
ألمح أشداقًا تأكل البشر كما تأكل الخبز
أنتَ الممحاة لتمحو وجه نيويورك،
أنتَ العاصفُ لتأخذها كالورقة وترميها.

نيويورك = IBM + SUBWAY آتيًا من الوحل والجريمة ذاهبًا إلى الوحل والجريمة.
نيويورك = ثقبًا في الغلاف الأرضي ينبجس منه الجنون أنهارًا أنهارًا
هارلم، نيويورك تحتَضر وأنتَ الساعة.

-٦-

بين هارلم ولنكولن سنتر،
أتقدم رقمًا تائهًا في صحراء تغطيها أسنان فجرٍ أسود. لم يكن ثلج، لم تكن ريح. كنت كمن يتبع شبحًا (ليس الوجه وجهًا بل جرح أو دمع، ليست القامة قامة بل وردة يابسة)، شبحًا – (هل هو امرأة؟ رجل؟ هل هو امرأة – رجل؟) يحمل في صدره أقواسًا ويكمن للفضاء. مرّت غزالة ناداها الأرض، وظهر عصفور ناداه القمر. وعرفت أنه يركض ليشهد بعث الهندي الأحمر ... في فلسطين وأخواتها،

والفضاء شريط رصاص،
والأرض شاشة قتلى.

وشعرت أنني ذرةٌ تتموّج في كتلةٍ تتموج نحو الأفق الأفق الأفق. وهبطت أوديةً تتطاول وتتوازى، وخطر لي أن أشكّ في استدارة الأرض ...

وفي البيت كانت يارا،
يارا طرف أرض ثانية ونينارُ طرفٌ آخر. وضعتُ نيويورك بين قوسين وسرت في مدينة موازية. قدماي تمتلئان بالشوارع، والسماء بحيرةٌ تسبح فيها أسماك العين والظنّ وحيوانات الغيم. وكان الهدسون يرفرف غُرابًا يلبسُ جسد البلبل. وتقدّم نحوي الفجر طفلاً يتأوه ويشير إلى جراحه. وناديت الليل فلم يجب. حمل سريره واستسلم للرصيف. ثم رأيته يتغطى بريحٍ لم أجد أرقّ منها غير الجدران والأعمدة ... صرخة، صرختان، ثلاث

Harlem
die Zeit liegt im Sterben und du bist die Stunde:
Ich höre Tränen, die wie Vulkane rumoren,
ich sehe Münder, die Menschen essen wie Brot,
du bist der Radierer, mit dem das Antlitz New Yorks ausradiert wird,
du bist der Sturm, der es fortfegt wie ein Blatt.

New York = IBM + SUBWAY
aus Schlamm und Verbrechen bist du gekommen,
in Schlamm und Verbrechen wirst du wieder eingehen.
New York = ein Loch im Mantel der Erde, aus dem in Strömen der Wahn fließt.
Harlem, New York liegt im Sterben, und du bist die Stunde.

6

Zwischen Harlem und Lincoln Center
ich ging wie eine verirrte Zahl in einer von den Zähnen eines schwarzen Tagesanbruchs umfangenen Wüste. Es war kein Schnee und kein Wind. Mir ging es wie jemandem, der einem Gespenst hinterherläuft (das Antlitz ist kein Antlitz, sondern eine Wunde und Tränen, die Gestalt ist keine Gestalt, sondern eine vertrocknete Rose), das der Leere auflauert und Regenbögen in seinen Brüsten trägt (Ist es eine Frau? Ein Mann? Ist es eine Mann-Frau?). Eine Gazelle sprang vorüber, von der Erde gerufen. Vom Mond gerufen, tauchte ein Spatz auf. Und ich wußte, er läuft, um die Erweckung des Indianers in Palästina und den Bruderstaaten zu bezeugen.

Und der Raum ist ein bleiernes Band,
und die Erde ist der Bildschirm der Toten.

Ich hatte das Gefühl, als ein Atom in einer Masse zu treiben, die zum Horizont, Horizont, Horizont treibt. Ich landete in Flußbetten, die sich ausdehnten und parallel verliefen, und mir kamen Zweifel, daß die Erde rund sei.

Und im Haus war Yara[49].
Yara ist die eine Seite der zweiten Erdkugel und Ninar die andere.
Ich setzte New York in Klammern und ging in einer parallelen Stadt. Meine Füße füllten sich mit Straßen, und der Himmel war ein See, in dem die Fische der Augen und Ansichten und die Tiere der Wolken schwammen. Der Hudson flatterte wie ein Rabe im Federkleid einer Nachtigall. Und die Morgendämmerung kam zu mir

... وأجفلت نيويورك كضفدعٍ نصف جامد يقفز في حوض بلا ماء.

لنكولن،
تلك هي نيويورك: تتكئ على عكاز الشيخوخة وتتنزه في حدائق الذاكرة، والأشياء كلها تميل إلى الزهر المصنوع. وفيما أنظر إليكَ، بين المرمر في واشنطن، وأرَى من يشبهك في هارلم، أفكر: متى تحين ثورتك الآتية؟ ويعلو صوتي: حرِّروا النكولن من بياض المرمر، من نيكسون، وكلاب الحراسة
والصيد. اتركوا له أن يقرأ بعين جديدة صاحب الزنج علي ابن محمد، وأن يقرأ الأفق الذي قرأه ماركس ولنين وماوتسي تونغ

والنِّفَّري، ذلك المجنون السماويّ الذي أَنْحلَ الأرض وسمح لها أن تسكن بين الكلمة والإشارة. وأن يقرأ ما كان يودّ أن يقرأه هوشي منه، عروةَ ابن الورد: «أقسّم جسمي في جسوم كثيرة ...»، ولم يعرف عروة بغداد، وربما رفض أن يزور دمشق. بقي حيث الصحراء كتفٌ ثانية تشاركه حمل الموت. وترك لمن يحب المستقبل جزءًا من الشمس منقوعًا في دم غزالةٍ كان يناديها: حبيبتي! واتفق مع الأفق ليكون بيته الأخير.

لنكولن،
تلك هي نيويورك: مرآة لا تعكس إلاّ واشنطن. وهذه واشنطن: مرآةٌ تعكس وجهين – نيكسون وبكاءَ العالم. أدخل في رقصة البكاء، أنهض لا يزال ثمة مكان، لا يزال دور ... أعشق رقصة البكاء الذي يتحول إلى حمامةٍ تتحول إلى طوفان. «الأرض للطوفان محتاجةٌ ...»

قلت البكاء وعنيت الغضب. عيت كذلك الأسئلة: كيف أُقنع المعرّةَ بأبي العلاء؟ سهولَ الفرات بالفرات؟ كيف أبدلُ الخوذةَ بالسنبلة؟ (لا بدّ من الجرأة لطرح أسئلة أخرى على النبي والمصحف)، أقول وألمح غيمةً تتقلد النار؛ أقول وألمح بشرًا يسيلون كالدمع.

heran wie ein jammerndes Kind, das mir seine Wunden zeigt. Ich rief die Nacht, doch sie antwortete nicht. Sie trug ihr Bett und legte sich nieder auf den Asphalt. Dann sah ich, wie sie sich mit einem Wind zudeckte, der so zart war wie sonst nur Wände und Pfeiler ... ein Schrei, zwei, drei ... und New York schreckte auf wie ein halb erfrorener Frosch, der in einem Becken ohne Wasser haust.

Lincoln
das ist New York: Gestützt auf die Krücke des Greisentums, spaziert es durch die Gärten des Gedächtnisses, während sich alles einer künstlichen Blume zuneigt. Und während ich dich anblicke unter all dem Marmor in Washington, sehe ich, wer dir ähnelt in Harlem, und denke: Wann ist die Zeit für deine kommende Revolution? Meine Stimme ertönt: Befreit Lincoln aus der Weiße des Marmors, befreit ihn von Nixon, von den Wach- und den Jagdhunden. Laßt ihn mit frischen Augen den Anführer der Schwarzen Ali Ibn Mohammed[50] lesen, einen Horizont, den Marx und Lenin und Mao Tse Tung lasen.

Und an-Niffari[51], dieser himmlische Verrückte, der die Erde ausmergeln ließ und ihr dann erlaubte, zwischen dem Wort und dem Zeichen zu leben. Er möge lesen, was Ho Chi Minh gerne gelesen hätte, Urwa Ibn al-Ward[52], der sagte: »Ich teile meinen Leib in viele Leiber auf ...«; Urwa kannte Bagdad nicht und sträubte sich womöglich, Damaskus zu besuchen. Er blieb dort, wo die Wüste eine zweite Schulter ist, die mit ihm den Tod trägt. Und er ließ für den, der die Zukunft liebt, einen in Gazellenblut eingelegten Teil der Sonne zurück, welche er ›meine Geliebte!‹ nannte. Er kam mit dem Horizont überein, daß er sein letztes Heim sein würde.

Lincoln
das ist New York: Ein Spiegel, in dem sich nichts als Washington spiegelt. Und dies ist Washington: Ein Spiegel, der zwei Gesichter spiegelt – Nixon und das Weinen der Welt. Tritt ein in den Reigen des Weinens, erhebe dich, noch gibt es einen Platz, noch gibt es eine Rolle. Ich liebe ihn, diesen Reigen, der sich in eine Taube verwandelt, die sich in eine Flut verwandelt. »Die Erde braucht eine Flut ...«

Ich sagte ›das Weinen‹ und meinte den Zorn. Und ebenso meinte ich die Fragen: Wie überzeuge ich al-Ma'arra von Abu al-Ala[53]? Die Euphratebene vom Euphrat? Wie ersetze ich den Stahlhelm durch die Ähre? (Wagemut ist unerläßlich, um dem Propheten und dem Koran neue Fragen zu stellen.) Sage ich und sehe eine Wolke, die sich mit Feuer schmückt. Sage ich und sehe eine Menschheit, die wie Tränen fließt.

-٧-

نيويورك،
أحصركِ بين الكلمة والكلمة، أقبض عليك، أدحرجك؛ أكتبكِ وأمحوكِ. حارّةً باردة، بين بين. مستيقظة، نائمة، بين بين. أجلس فوقك وأتنهد. أتقدّمك وأعلّمك السير ورائي. سحقتكِ بعينيّ، أنتِ المسحوقة بالرعب. حاولت أن أمر شوارعك: استلقي بين فخذيّ لأمنحك مدى آخر؛ وأشياءكِ: اغتسلي لأعطيك أسماء جديدة.

كنت لا أجد فرقًا بين جسدٍ برأس يحمل أغصانًا نسميه شجرة، وجسدٍ برأس يحمل خيوطًا رفيعة نسميه إنساناً. واختلطت عليَّ الحجرة والسيارة، وبدا الحذاء في الواجهات خوذةَ شرطي والرغيفُ صفيحة توتياء.

مع ذلك، ليست نيويورك لغوًا بل كلمة. لكن حين أكتب: دمشق، لا أكتب كلمة بل أقلّد لغوًا. دال ميم شين قاف ... لا تزال صوتًا، أعني شيئًا من الريح. خرجت مرةً من الحبر ولم تعدْ. الزمن واقف حارسًا على العتبة يسأل: متى تعود، متى تدخل؟ كذلك بيروت القاهرة بغداد لغوٌ شاملٌ كهباء الشمس ...
شمس، شمسان، ثلاث، مئة ...

(استيقظ فلانٌ وفي عينيه اطمئنانٌ يمتزج بالقلق. يترك زوجاته وأبناءه ويخرج حاملاً بندقيته. شمس، شمسان، ثلاث، مئة ... ها هو كالخيط مهزومًا ينزوي تحت نفسه. يجلس في المقهى. المقهى يمتلئ بحجارة ودُمًى نسميها رجالاً، بضفادع تتقيأ الكلام وتوسخ المقاعد. كيف يستطيع فلانٌ أن يثور وعقله مليءٌ بدمه، ودمه مليءٌ بالسلاسل؟)

أسألكَ، أنت من تقول لي:
أجهل العلم وأتخصّص بكيمياء العرب.

7

New York
ich zwänge dich zwischen Wort und Wort, ich halte dich fest, ich wälze dich. Ich schreibe dich nieder und radiere dich aus. Heiß, kalt, ein Zwischending. Aufgewacht, eingeschlafen, ein Zwischending. Ich sitze auf dir und seufze. Ich gehe dir voraus und lehre dich, hinter mir zu gehen. Ich zermalmte dich mit meinen Augen, du von Angst Zermalmte. Ich versuchte, deinen Straßen zu befehlen: Erstreckt euch zwischen meinen Füßen, damit ich euch eine andere Dimension zuweisen kann. Und deinen Dingen: Wascht euch, damit ich euch neue Namen geben kann.

Ich konnte keinen Unterschied finden zwischen einem Leib mit Kopf, der Zweige trägt und den wir Baum nennen, und einem Leib mit Kopf, der dünne Fäden trägt und den wir Menschen nennen. Stein und Auto vermengten sich mir, und die Schuhe in den Schaufenstern erschienen als Helm eines Polizisten, ein Laib Brot erschien als Aluminiumfolie.

Trotzdem ist New York kein Raunen, sondern ein Wort. Doch wenn ich schreibe: Damaskus, schreibe ich kein Wort, sondern raune. *Dal mim schin qaf* ...[54] es bleibt ein Laut, das heißt etwas aus Wind, das nicht mehr zurückkehrt, wenn es einmal aus der Tinte geschlüpft ist. Die Zeit wacht an der Schwelle und fragt: Wann kehrst du zurück, wann trittst du ein? Und ebenso sind Beirut, Kairo, Bagdad ein einziges Raunen, wie von Sonnenstäubchen ...

Eine Sonne, zwei Sonnen, drei, hundert ...
(Jemand erwacht mit einer Mischung aus Ruhe und Unruhe in seinen Augen. Er verläßt seine Frau und seine Kinder und zieht los, mit einem Gewehr auf dem Rücken. Eine Sonne, zwei Sonnen, drei, hundert ... und da ist er, aufgedröselt wie ein Faden, in sich selbst zurückgezogen. Er sitzt im Café. Das Café füllt sich mit Steinen und Puppen, die wir Männer nennen, füllt sich mit Kröten, welche Worte erbrechen und die Sitze beschmutzen. Wie kann sich jemand auflehnen, wenn sein Verstand voll von seinem Blut ist, sein Blut voller Ketten?)

Das frage ich dich, der mir sagt:
Ich verstehe nichts von der Wissenschaft –
ich bin spezialisiert auf die Alchemie der Araber.

-٨-

السيدة براونينج، يونانية في نيويورك. بيتها صفحة من كتاب المتوسط – الشرق. ميرين، نعمة الله، ايف بونفوا ... أنا كمن يضيع ويقول أشياء لا تقال. كانت القاهرة تتناثر بيننا وردًا يجهل الأزمنة، وكانت الاسكندرية تختلط بصوت كفافي وسيفيريس. «هذه إيقونة بيزنطية ...»، قالت والزمن يلتصق على شفتيها عطرًا أحمر. كان الوقت يحدودب والثلج يتكئ، (منتصف ليلة ٦ نيسان ١٩٧١).

ونهضت في الصباح صارخًا
قبيل ساعة العودة: نيويورك!
تمزجين الأطفال بالثلج وتصنعين كعكة العصر. صوتك إكسيدٌ، سمٌّ مما بعد الكيمياء، واسمكِ الأرقُ والاختناق. سنترال بارك تولم لضحاياها، وتحت الشجر أشباح جثث وخناجر. ليس للريح غير الأغصان العارية، ليس للمسافر إلاّ طريق مسدود.

ونهضت في الصباح صارخًا: نيكسون، كم طفلاً قتلت اليوم؟
– «لا أهمية لهذه المسألة!» (كالي)
– «صحيح أن هذه مشكلة. لكن أليس صحيحًا كذلك أن هذا ينقص عدد العدو؟» (جنرال أمريكي)

كيف أعطي لقلب نيويورك حجمًا آخر؟ هل القلب هو كذلك يوسّع حدوده؟
نيويورك – جنرال موتورز الموت،
«سَنبدل الرجال بالنارَ» (مكنمارا) – يجفّفون البحر الذي يسبح فيه الثوار، و«حيث يجعلون من الأرض صحراء، يسمون ذلك سلامًا!» (تاسيت)

ونهضت قبل الصباح، وأيقظت ويتمان.

-٩-

وولت ويتمان،
ألمح رسائل إليك تتطاير في شوارع منهاتن. كل رسالةٍ عربةٌ ملأى بالقطط والكلاب. للقطط والكلاب القرن الواحد والعشرون، وللبشر الإبادة:
هذا هو العصر الأميركي!

8

Mrs. Brewing, eine Griechin in New York. Ihr Haus ist eine Seite aus dem Buch des Mittelmeeres, des Orients. Mirène, Nimat Allah, Yves Bonnefoy … und ich, ein Verlorener, der etwas sagt, wovon man nicht spricht. Kairo streute sich in Rosen unter uns aus, welche die Zeit nicht kennen, und Alexandria vermischte sich mit den Stimmen von Kavafis und Seferis. »Dies ist eine byzantinische Ikone …« sagte sie, und die Zeit lag auf ihren Lippen wie ein roter Duft. Die Stunden hatten einen Buckel und der Schnee ging am Stock. (Mitternacht, 6. April 1971)

Und als ich am Morgen erwachte, schrie ich, kurz vor der Stunde der Rückkehr: New York!
Du mischst die Kinder mit Eis und backst die Kuchen der Epoche. Deine Stimme ist Oxyd, ein Gift jenseits der Chemie, und dein Name ist Schlaflosigkeit und Ersticken. Der Central Park gibt ein Gastmahl für seine Opfer, und unter den Bäumen wandern die Schemen von Leichen und Kehlen. Nur kahle Äste findet der Wind, nur verbarrikadierte Wege der Reisende.

Und als ich am Morgen erwachte, schrie ich: Nixon, wie viele Kinder hast du heute getötet?
»Diese Frage hat keine Wichtigkeit.« (Calley)
»Es ist richtig, daß dies ein Problem ist. Aber ist es nicht ebenso richtig, daß dadurch die Zahl der Feinde verringert wird?« (Ein amerikanischer General)

Wie kann ich dem Herzen New Yorks einen anderen Umfang geben? Kann auch das Herz seine Grenzen erweitern? New York – General Motors des Todes
»Wir werden die Menschen durch das Feuer ersetzen!« (McNamara) – Sie legen das Meer trocken, in dem die Revolutionäre schwimmen. »Und wenn sie aus der Erde eine Wüstenei machen, nennen sie das Frieden.« (Tacitus)

Vor Anbruch des Morgens wachte ich auf und weckte Whitman.

9

Walt Whitman
ich sehe Briefe an dich durch die Straßen von Manhattan fliegen. Jeder Brief ist ein Wagen voller Hunde und Katzen. Das 21. Jahrhundert steht Katzen und Hunden an; dem Menschen steht die Auslöschung an:
Es ist das amerikanische Jahrhundert!

ويتمان،
لم أرك في منهاتن ورأيتُ كل شيء. القمر قشرة تقذف من النوافذ، والشمس برتقالة كهربائية. وحين قفز من هارلم طريق أسود في استدارة قمرٍ يتوكأ على أهدابه، كان وراء الطريق ضوءٌ يتبعثر على مدى الإسفلت، ويغور كالزرع بعدَ أن يصل إلى غرينيش فيليج، ذلك الحي اللاتيني الآخر، أعني الكلمة التي تصل إليها بعد أن تأخذ كلمة حُبّ وتضع نقطة تحت الحاء. (أذكر أنني كتبت ذلك في مطعم فايسروي بلندن، ولم يكن معي غير الحبر. وكان الليل ينمو كزغب العصافير).

ويتمان،
«الساعة تعلن الوقت» (نيويورك – المرأة قمامة، والقمامة زمنٌ يتجه إلى الرماد)
«الساعة تعلن الوقت» (نيويورك – النظام بافلوف، والناس كلاب التجارب ... حيث الحرب الحرب الحرب!)
«الساعة تعلن الوقت» (رسالة آتية من الشرق. طفل كتبها بشريانه. اقرأها: الدمية لم تعد حمامة. الدمية مدفع، رشاش، بندقية ... جثثٌ في طرقات من الضوء تصل بين هانوي والقدس، بين القدس والنيل).

ويتمان،
«الساعة تعلن الوقت» وأنا
«أرى ما لم تره وأعرف ما لم تعرفه»،
أتحرك في مساحة شاسعة من علبٍ
تتجاور كسراطين صفراء في محيطٍ
من ملايين الجزر – الأشخاص؛ كل
واحدة عمود بيدين وقدمين ورأس
مكسور. وأنتَ
«أيها المجرم، المنفيّ، المهاجر»
لم تعد إلاّ قبّعةً تلبسها عصافير لا تعرفها سماء أميركا!

ويتمان، ليكنْ دورُنا الآن. أصنع من نظراتي سلّمًا. أَنسج خطواتي وسادةً، وسوف ننتظر. الإنسان يموت، لكنه أبقى من القبر. ليكن دورنا، الآن. انتظر أن يجري الفولغا بين منهاتن وكوينز. أنتظر أن يَصبَّ هوانغ هو حيث يصب الهدسون. تستغرب؟ ألم يكن العاصي يصبّ في التيبر؟ ليكن دورنا الآن. أسمع رجّةً وقفصًا. وول ستريت وهارلم يلتقيان – يلتقي الورق والرعد، الغبار والعصف. ليكن دورنا الآن. المحار يبني أعشاشه في موج التاريخ. الشجرة تعرف اسمها. وثمة ثقوب في جلد العالم، شمسٌ تغيّر القناع والنهاية وتنتحب

Whitman
dich sah ich nicht in Manhattan, obwohl ich alles sah. Der Mond ist eine Schale, die aus dem Fenster geworfen wird, und die Sonne eine elektronische Orange. Als aus Harlem ein schwarzer Weg in die Umlaufbahn eines Mondes eintrat, der sich auf seine Wimpern stützte, erschien hinter dem Weg ein Licht, das über den ganzen Asphalt fiel und wie Saatgut in die Erde sank, nachdem es Greenwich Village erreicht hatte, dieses andere Quartier Latin – ich meine das Wort, auf das man kommt, wenn man unter den ersten Buchstaben des arabischen Worts für ›Liebe‹ – hubb – einen Punkt setzt: ›Zisterne‹ – djubb. (Ich entsinne mich, dies im Restaurant Viceroy in London geschrieben zu haben, als ich nichts bei mir hatte außer ein bißchen Tinte. Und die Nacht nahm an Volumen zu wie das Gefieder eines Spatzen, der sich plustert.)

Whitman
»Die Uhr verkündet die Zeit« (New York – die Frau ist Abfall, und der Abfall ist eine Zeit, die zur die Asche strebt)
»Die Uhr verkündet die Zeit« (New York – Pavlovsches System, die Menschen sind Versuchshunde ... im Krieg, im Krieg, im Krieg!)
»Die Uhr verkündet die Zeit« (Ein Brief aus dem Orient. Ein Kind schrieb ihn mit seinen Venen. Ich lese ihn: Die Puppe ist keine Taube mehr. Die Puppe ist eine Kanone, eine Maschinenpistole, ein Gewehr ... Leichname auf Wegen aus Licht, die Hanoi mit Jerusalem und Jerusalem mit dem Nil verbinden.)

Whitman
»Die Uhr verkündet die Zeit« und ich
»ich sehe was, das du nicht siehst, ich weiß etwas, das du nicht weißt«,
ich bewege mich auf einer ungeheuren Fläche aus Konservendosen, die nebeneinander liegen wie gelbe Krebse in einem Ozean aus Millionen von Personen-Inseln, jede einzelne eine Säule mit zwei Händen und Füßen und zertrümmertem Kopf.
Und du
›Verbrecher, Flüchtling, Emigrant‹,
du bist nur noch ein Kopfschmuck, den Vögel tragen, die Amerikas Himmel nicht kennt!

Whitman, mögen jetzt wir an der Reihe sein! Ich mache aus meinen Blicken eine Leiter. Ich nähe aus meinen Schritten ein Kissen, dann werden wir warten. Der Mensch stirbt, aber er ist beständiger als das Grab. Mögen jetzt wir an der Reihe sein. Ich warte darauf, daß die Wolga zwischen Manhattan und Queens entlangfließt. Ich warte darauf, daß der Hwangho dort mündet, wo der Hudson mündet. Du erstaunst? Mündet der Orontes nicht in den Tiber? Mögen jetzt wir an der

في عين سوداء. ليكن دورنا، الآن. نقدر أن ندور أسرع من الدولاب، أن نحطِّم الذرة ونسبح في دماغ إلكتروني باهت أو متلألئ، فارغ أو مليء، وأن نتخذ من العصفور وطنًا. ليكن دورنا، الآن. ثمة كتاب أحمر صغير يصعد. لا الخشبةَ التي اهترأت تحت الكلمات بل هذه التي تتسع وتنمو، خشبة الجنون الحكيم، والمطر الذي يصحو لكي يرث الشمس. ليكن دورنا، الآن. نيويورك صخرة تتدحرج فوق جبين العالم. صوتها في ثيابكَ وثيابي، فحمها يصبغ أطرافك وأطرافي ... أستطيع أن أرى النهاية، لكن كيف أقنع الزمن لكي يقيني حتى أرى؟ ليكن دورنا، الآن. وليسبح الزمن في ماء هذه المعادلة:

نيويورك + نيويورك = القبر أو أي شيء يجيء من القبر،

نيويورك – نيويورك = الشمس.

–١٠–

في الثمانين أبدأ الثامنة عشرة. قلت هذا أقول وأكرّر ولم تسمع بيروت.

جثةٌ هذه التي توحّد بين البشَرة والثوب

جثة هذه المستلقية كتابًا لا حبرًا

جثة هذه التي لا تسكن في صرف الجسد ونحوهِ

جثة هذه التي تقرأ الأرض حجرًا لا نهرًا

(نعم أحبّ الأمثال والحكمة، أحيانًا

إن لم تكن مهيّمًا، تكن جثة!)

أقول وأكرر،

شعري شجرة وليس بين الغصن والغصن، الورقة والورقة إلاّ أمومةُ الجذع

أقول وأكرر،

الشعر وردة الرياح. لا الريح، بل المهبّ، لا الدورة بل المدار. هكذا أبطل القاعدة، وأقيم لكل لحظة قاعدة. هكذا أقترب ولا أخرج. أخرج ولا أعود. وأتجه نحو أيلول والموج. هكذا، أحمل كوبا على كتفيَّ وأسأل في نيويورك: متى يصل كاسترو؟ وبين القاهرة ودمشق أنتظر على الطريق المؤدي ...

... ألتقي غيفارا بالحرية. تغلغل معها

Reihe sein. Ich vernehme eine Erschütterung, einen Einschlag. Wall Street und Harlem begegnen sich – die Blätter begegnen dem Donner, der Staub begegnet dem Sturm. Mögen jetzt wir an der Reihe sein. Die Muscheln nisten in den Wogen der Geschichte. Der Baum kennt seinen Namen. In der Haut der Welt gibt es Löcher, es gibt eine Sonne, die die Maske und das Ende verändert und im Auge eines Schwarzen weint. Mögen jetzt wir an der Reihe sein. Wir können uns schneller drehen als das Rad, wir können das Atom zertrümmern und in ein Elektronenhirn hinüberfließen, das matt oder glänzend ist, leer oder voll, wir können den Spatz zu einer Heimat machen. Mögen jetzt wir an der Reihe sein. Ein kleines rotes Buch steigt auf, nicht die Bretter, die unter den Wörtern verrottet sind, sondern jene, die sich weiten und wachsen, das Brett des weisen Wahns, und das Regenwetter, das aufklart, um die Sonne zu beerben. Mögen jetzt wir an der Reihe sein. New York ist ein Felsblock, der über die Stirn der Welt rollt. Seine Stimme ist in deinem und meinem Kleid, seine Kohle schwärzt meine und deine Glieder … ich könnte das Ende sehen, aber wie überzeuge ich die Zeit davon, mich zu verschonen, bis ich es wirklich sehe? Mögen jetzt wir an der Reihe sein. Und möge die Zeit im Wasser der folgenden Gleichung schwimmen:
New York + New York = ein Grab oder irgend etwas aus einem Grab
New York – New York = die Sonne.

10

Mit achtzig beginne ich mein achtzehntes Lebensjahr. Dies sagte ich und sage es und wiederhole es immer wieder, doch Beirut hat es nicht gehört.
Eine Leiche ist diese Stadt, die die Haut und das Kleid für eins nimmt.
Eine Leiche ist sie, die sich als Buch, nicht als Tinte niederwirft.
Eine Leiche ist sie, die nicht in der Syntax und der Flexion des Körpers wohnt.
Eine Leiche ist sie, die die Erde als Stein entziffert, nicht als Fluß
(Ja, manchmal liebe ich Sprichwörter und Weisheiten –
Und wer sich nicht bezaubern läßt, ist schon tot).

Ich sage und ich wiederhole es immer wieder:
Meine Dichtung ist ein Baum, und zwischen Zweig und Zweig und Blatt und Blatt ist nur die Mutterschaft des Stamms.
Ich sage und ich wiederhole es immer wieder:
Die Dichtung ist die Rose der Winde. Nicht der Wind, sondern die Windrichtung, nicht die Umdrehung, sondern die Umlaufbahn. So setze ich die Regeln außer Kraft und bestimme für jeden Augenblick eine neue. So komme ich näher und gehe nicht hinaus. Ich gehe hinaus und komme nicht wieder. Ich wandere zu den Wellen und

في فراش الزمن وناما. وحين
استيقظ لم يجدها. ترك النوم
ودخل في الحلم،
في بيركلي، في بيروت وبقية الخلايا، حيث يتهيأ كل شيء ليصير كلَّ شيء

هكذا،
بين وجه يميل إلى الماريجوانا تحمله شاشة الليل،
ووجه يميل إلى الآي بي إم تحمله شمس باردة،
أجريت لبنان نهرًا من الغضب: وطلع جبران في ضفة وطلع أدونيس في الضفة الثانية
وخرجت من نيويورك، كما أخرج من سرير:
المرأة نجمة مطفأة والسرير ينكسر أشجارًا بلا فضاء،
هواءً يعرج،
صليبًا لا يتذكر الشوك

والآن،
في عربة الماء الأولى، عربة العصور التي تجرح أرسطو وديكارت أتوزع بين الأشرفية
ومكتبة رأس بيروت، بين زهرة الإحسان ومطبعة حايك وكمال، حيث تتحول الكتابة إلى
نخلة والنخلة إلى يمامة
حيث تتناسل ألف ليلة وليلة وتختفي بثينة وليلى
حيث يسافر جميل بين الحجر والحجر، وما من أحد يحظى بقيس.

لكن،
سلامٌ لوردة الظلام والرمل
سلامٌ لبيروت

(نيويورك ٢٥ آذار – بكفيا ١٥ أيار ١٩٧١)

zum September.
So trage ich Kuba auf meinen Schultern und in New York stelle ich die Frage: Wann kommt Castro? Und ich warte, zwischen Kairo und Damaskus, auf dem Weg nach ... Che Guevara traf sich mit der Freiheit. Er legte sich mit ihr ins Bett der Zeit, und sie schliefen ein. Doch als er aufwachte, fand er sie nicht mehr. Er ließ den Schlaf und betrat den Traum in Berkeley, in Beirut und den übrigen Bienenstökken, wo alles zum Werden bereit ist.

So, zwischen einem Gesicht, das sich über das Marihuana beugt und von der Bildfläche der Nacht getragen wird, und einem Gesicht, das IBM zugeneigt ist und von einer kalten Sonne getragen wird, ließ ich den Libanon strömen als Fluß aus Zorn, und an einem Ufer stieg Gibran[55] aus dem Wasser, am anderen Adonis.
Ich verließ New York, wie man aus einem Bett steigt:
Die Frau ist ein erloschener Stern, das Bett bricht zusammen, Bäume, die keinen Platz finden, hinkende Luft, ein Kreuz, das sich nicht der Dornen entsinnt.

Und jetzt
im Strom des ersten Wassers, im Strom der Bilder, die Aristoteles und Descartes verwunden, verteile ich mich zwischen Ashrafiye[56] und der Buchhandlung Ras Beirut, zwischen der Zahrat al-Ihsan[57] Schule und der Druckerei Hayik und Kamal, wo die Schrift sich in eine Palme und die Palme sich in eine Taube verwandelt, wo sich ›Tausend und eine Nacht‹ vermehren und sich Buthainah[58] und Laila verstecken, wo Djamil in den Steinen reist und niemand sich der Gunst des Qais erfreut.

Aber
Friede der Rose der Finsternis und des Sandes
Friede Beirut.

(New York/Bikfaya 25.3.–15.5.1971)

Anhang

Nachwort

Poetisch-philosophisches Streitgespräch mit dem Westen
Das Werk von Adonis zwischen 1965–1971

Anfang der siebziger Jahre, kurze Zeit nach der Entstehung der Gedichte des vorliegenden Bandes, soll Adonis bei einem Auftritt in den USA gesagt haben: »Ich komme aus der Zukunft.« Das klingt so prätentiös, daß sich wohl kein deutscher, kein abendländischer, ja nicht einmal ein jüngerer arabischer Dichter eine solche Aussage heutzutage erlauben könnte. Der Ausspruch ist aber ein aus dem Kontext gerissenes Heidegger-Zitat und enthält den Schlüssel zur Poetik von Adonis. Der arabische Lyriker nimmt Heideggers Sicht auf Hölderlin aus ›Wozu Dichter‹ von 1946 für sich in Anspruch:

»Hölderlin ist der Vor-gänger der Dichter in dürftiger Zeit. Darum kann auch kein Dichter dieses Weltalters ihn überholen. Der Vorgänger geht jedoch nicht in eine Zukunft weg, sondern er kommt aus ihr an, dergestalt, daß in der Ankunft seines Wortes allein die Zukunft anwest.«

Nach Heidegger ist also Hölderlin derjenige Dichter, ›der aus der Zukunft kommt‹. Wenn Adonis diese Aussage übernimmt, identifiziert er sich mit Hölderlin in der Deutung Heideggers als einem ›Dichter in dürftiger Zeit‹. Diese Identifikation läßt eine besondere denkerisch-dichterische Osmose zwischen Ost und West vermuten, zwischen arabischer und deutscher Dichtung und Gedankenwelt, zwischen Adonis, Heidegger und Hölderlin und wirft die Frage auf, wo Adonis in der Moderne zu verorten ist. Adonis' Identifikation mit Hölderlin in Heideggers Deutung beruht auf ganz anderen Erfahrungen, als sie Heidegger und erst recht Hölderlin machen konnten. Ein arabischer Dichter ist nicht, kann nicht einfach Heideggerianer sein, wie es unsereinem möglich wäre.

Hölderlin steht am Anfang der deutschen Romantik, war Zeitgenosse der Französischen Revolution. Ein neues Zeitalter brach damals an, und mit seinem schmalen Werk ist Hölderlin der Dichter dieser Zeitenwende geworden. Als Heidegger seinen Aufsatz ›Wozu Dichter‹ schrieb, waren die Hoffnungen, die mit dieser Zeitenwende Ende des 18. Jahrhunderts begonnen hatten, gescheitert – es war unmittelbar nach dem Zweiten Weltkrieg.

1946, als Heidegger seinen Aufsatz schrieb, steckte die moderne arabische Dichtung noch in den Kinderschuhen, und die arabische Welt stand erst am Anfang ihrer Probleme. Anderthalb Jahrhunderte zuvor, als Hölderlin auf dem Höhepunkt seines Schaffens war, brach die Moderne in Form von Napoleons Expeditionskorps auch über die arabische Welt, über Ägypten herein. Bald erkannten die Araber mit großem Entsetzen ihren technischen und zivilisatorischen Rückstand gegenüber dem Westen. Der Orient reagierte – und reagiert bis heute – mit zwei gegensätzlichen Antworten auf diesen Rückstand. Beide Antworten konstatieren einen Verfall, einen Niedergang der arabischen Kultur und versuchen, diesem Niedergang mit je verschiedenen Rezepten entgegenzuwirken. Die eine Antwort besteht, vereinfacht gesagt, darin, diesen Rückstand aufzuholen, indem man vom Westen lernt, seine offensichtlich erfolgreichen Mittel übernimmt, ja ihn möglichst nachahmt. Dies versuchte der osmanische Statthalter Muhammad Ali in der ersten Hälfte des 19. Jahrhunderts in Ägypten, und dieser Ansatz ist bis heute weitgehend dominant geblieben. Er birgt die Gefahr, das Eigene zu verdrängen und zu vergessen. Die andere Tendenz geht von der Annahme aus, man sei in Rückstand geraten, eben weil man das ursprüngliche Eigene schon vergessen habe und sich nicht mehr nach den Erfolgsrezepten der Vorväter richte. Auch diese Grundhaltung konstatiert also einen Niedergang, sieht die Lösung aber nicht in einer Nachahmung des anderen, sondern in einer Rückbesinnung auf das Eigene – und einer Ablehnung alles Fremden und Neuen. Diese Bewegung begann mit den puritanischen Wahhabiten in der zweiten Hälfte des 18. Jahrhunderts in Saudi-Arabien und zeigt sich heute vor allem in der Fratze des religiösen Fundamentalismus.

Auch Adonis, der Mitte der vierziger Jahre zu schreiben begann, hatte als Dichter die Wahl, sich auf das klassische Erbe zurückzubesinnen und in traditioneller Weise zu dichten oder sich stärker durch die lyrischen Experimente seiner Zeitgenossen und durch die abendländische Poesie anregen zu lassen. Doch es ist klar, daß sowohl das eine wie das andere eine unglückliche Wahl gewesen wäre: Gleichgültig, wofür sich der Dichter entschieden hätte, er hätte einen Teil seiner Identität verleugnet. Denn Adonis kannte die großartige klassische arabische Dichtung, und er liebte sie. Aber ebenso verfolgte er die lyrischen Experimente seiner Zeitgenossen und war allem Neuen, auch der abendländischen Dichtung gegenüber aufgeschlossen. Der Ausweg, den er wählte, bestand darin, nicht die Kultur des Westens zu übernehmen, sondern dem Westen abzuschauen, wie man die eigene Kultur von innen heraus kritisiert. Genau dies konnte er von einem anderen deutschen Philosophen lernen wie wohl von kaum einem zweiten Denker: von Nietzsche. Der besondere, in der arabischen Dichtung bis dahin unerhörte

Charakter von Adonis' drittem in Beirut veröffentlichten Gedichtband ›Die Gesänge Mihyars des Damaszeners‹ (1961; vgl. Nachwort zum ersten Band der Adonis-Ausgabe) verdankt sich vorrangig der Begegnung mit den Schriften Nietzsches.

Adonis' Entdeckung Nietzsches, von dem er zuvor nur Bruchstücke auf arabisch hat lesen können, fand während seines einjährigen Aufenthalts 1960 in Paris statt und verlief parallel zur Abfassung von ›Die Gesänge Mihyars des Damaszeners‹. Außer Nietzsche entdeckte Adonis in Paris aber auch (neben vielen französischen Autoren, versteht sich) Hölderlin und Rilke. Mit den noch jungen Mitteln der sich seit Ende der vierziger Jahre revolutionierenden arabischen Dichtung unternimmt Adonis in ›Die Gesänge Mihyars des Damaszeners‹ eine ›Umwertung aller (islamischen) Werte‹. Das Herausragende an dem Gedichtband ist jedoch, daß sich die Umwertung gänzlich entsprechend den Umständen der islamischen Kultur, mit den dichterischen Möglichkeiten des Arabischen und mit einer größtenteils autochthonen Bildlichkeit und Mythologie vollzieht.

Dem kulturellen Reinheitsgebot und den Vorgaben der traditionellen Dichtung entziehen sich die Gedichte allerdings schon durch den Verzicht auf die ererbten, unvergleichlich strengen Formen der klassischen arabischen Qaside, ferner durch die Verwendung abendländischer mythischer Gestalten, besonders Odysseus', Sisyphos' und Orpheus'. ›Die Gesänge Mihyars des Damaszeners‹ wie auch die Gedichte aus ›Das Theater und die Spiegel‹ im vorliegenden Band enthalten sowohl Prosatexte als auch freie Verse, in denen verschiedene Rhythmen und wechselnde Reime kombiniert werden. Zudem sind die Gedichte für die oft ausschweifende und wortverliebte arabische Dichtung von einer unerhörten Kürze. All dieses, gemessen am klassischen Ideal, Unarabische sowie Adonis' Nähe zum Kreis der Literaturzeitschrift ›Shir‹ (Dichtung), welche eine apolitische und zugleich den lyrischen Erfahrungen des Westens sich öffnende Poetik vertrat, trug Adonis schon früh den Vorwurf des Verrats an der arabischen Kultur ein, den Vorwurf, verwestlicht zu sein und für den Westen zu schreiben. Eine nicht unwesentliche Rolle spielte dabei auch der Name, ein Pseudonym, das in Anspielung auf den vorderorientalischen Wiederauferstehungsmythos von Adonis die Hoffnung auf eine (kulturelle) Verjüngung und Wiederauferstehung symbolisiert. »Es gab starke Widerstände gegen diesen Namen«, berichtet Adonis in einem Interview, »Widerstände von seiten einer Ideologie des Arabertums und von seiten des arabischen Nationalismus, vorgetragen von Schriftstellern und Politikern, die in mir einen Abweichler zu erkennen glaubten, indem sie fragten: Warum ändert einer seinen Namen von dem schönen arabischen ›Ali‹ in Adonis.« Natürlich ließ es sich Adonis in Anbetracht einer solchen Reaktion auf seinen im Alter von siebzehn Jahren gewählten *nom de plume* nicht nehmen, die Widerstände dagegen noch zu provozieren, indem er im Refrain eines seiner schwierigsten und sprachlich innovativsten Gedichte, ›Dies ist mein Name‹ (1970; vgl. Seite 87 ff.), Nietzsches ›Ich bin kein Mensch, ich bin Dynamit‹ aufgreifend, schreibt: »Fähig, zu verwandeln: eine Mine für die Zivilisation – dies ist mein Name«.

Da Adonis seine eigene Kultur also nicht aus der Position der anderen westlichen kritisiert, bewahrt er sich die Möglichkeit, genau diese andere Kultur ebenfalls zu kritisieren, genauer gesagt, die Art und Weise zu kritisieren, wie das abendländische Andere in die eigene Kultur eindringt und wie es von den Arabern rezipiert wird. Das arabische Eigene wurde einer von Nietzsche inspirierten Kritik unterzogen; um das Andere, d.h. das Westliche zu kritisieren, wie es sich am Eigenen manifestiert, greift Adonis nun auf einen anderen deutschen Denker zurück, der in Nietzsches Nachfolge steht: Heidegger. Heidegger liefert vor allem deshalb einen passenden Denkansatz, weil sich der Okzident – als der Andere – im Orient besonders in derjenigen Form manifestiert, die Heidegger am vehementesten kritisiert: der Technik.

Adonis' an Nietzsche geschulte Kritik der eigenen, als defizitär erlebten Kultur ist daher keine Nachahmung des Westens. Es gibt im vorliegenden Band ein sehr kurzes, sehr berühmtes Gedicht, an dem sich zeigt, wo Adonis die Gefahr dieses technisierten, industrialisierten Anderen sieht, wenn es in die eigene Kultur eingreift:

Das Minarett

Das Minarett weinte
Als der Fremde kam
Er kaufte es ohne Not
Und baute darauf einen Schlot

Das alte, religiösen Zwecken dienende Bauwerk wird als Fabrik mißbraucht, das heißt die Religion, das Eigene, wird ersetzt durch die Technik, die aus der Fremde kommt. Wir wissen aber aus ›Die Gesänge Mihyars des Damaszeners‹, daß Adonis nicht in herkömmlicher Weise religiös ist. Das Religiöse steht hier nur stellvertretend für eine kulturelle Kompetenz, die auch die des Dichters sein könnte. Das geistige und ethische Potential des Menschen, die durch das Wort bewirkte kulturelle Machbarkeit, wird durch die technische, materielle verdrängt und überlagert wie im Gedicht das Minarett vom Schornstein und das vom Minarett aus dem Mund des Muezzins erschallende Wort durch den Rauch – also einem Abfallprodukt. Der Unterschied zwischen dem Fremden, wenn er sich der arabisch-islamischen Kultur bemächtigt, und dem Dichter, der ihr entstammt, wenn er sich seinerseits mit ihr auseinandersetzt, liegt auf der Hand: Jener sieht im Minarett einen Schornstein, ohne den eigentlichen Zweck zu ahnen, dieser hingegen versteht die außergewöhnliche Funktion dieses Bauwerks, steigt hinauf, stürzt den Muezzin der unglaubwürdig gewordenen religiösen Kultur hinunter (wie es Adonis in ›Die Gesänge Mihyars des Damaszeners‹ tat) und spricht an Stelle des Muezzins aus einem erneuerten Geist. Der Dichter hält die kulturelle Funktion des ›vom Turm herab Sprechens‹, des Logos, für nützlicher als jede Fabrik und materielle Erfindung, wissend, daß dort, wo diese Funktion gewahrt ist, auch der Dichter noch eine besondere Rolle hat – womöglich die, die Heidegger vorschwebte, als er von Hölderlin sprach. Im Namen der Wahrung der Kulturtechnik, welche des Minaretts, der Kanzel, des Forums und anderer traditioneller Plätze des Sprechens – vielleicht auch des Parlaments? – bedarf, verwirft der Dichter die materielle Technik. Diese Technik, sehen wir, ersetzt die traditionellen ›Sprech-Plätze‹ durch ›Talk-Shows‹, also das Hören durch das Sehen, wie ja auch der Fremde das Minarett bloß optisch wahrnimmt und daran seine Funktion zu erkennen glaubt, weil es ihn an einen Schornstein erinnert, während seine eigentliche Funktion eine akkustische ist. Diese Unterscheidung zwischen Hören und Sehen, zwischen der Wahrnehmung der Welt als einer gehörten und einer bloß gesehenen ist sehr wichtig. Adonis entstammt einer alten Kultur des Wortes und damit des Hörens, eines Wortes, das auch der Muezzin vom Minarett herab verkündet. Diese Bedeutung des Wortes, von welcher ja auch die Poesie und die Dichtung zehren, will Adonis bewahren und verteidigen. Er, der sich in ›Die Gesänge Mihyars des Damaszeners‹ so oft mit Odysseus verglich, segelt zwischen der Skylla der verworfenen eigenen Kultur und der Charybdis der ebenfalls kritisierten westlichen Kultur hindurch, indem er die Vision einer rein kulturellen Moderne heraus-arbeitet, einer Moderne, die ohne technische Kehrseite auskommt. Eine Moderne, anders gesagt, nur mit den Mitteln des Logos – also des Dichters –, nicht eine, die in die Materie eingreift und sich diese unterwerfen will.

Diese Idee erscheint uns vielleicht phantastisch, und in der Tat wurde sie im Okzident kaum je gedacht, weil sie zu keinem Zeitpunkt eine historische Gegebenheit war. Anders hingegen im Nahen Osten. Die historische Konstellation, aus welcher diese Idee, diese Vision, wie Adonis sie nennen würde, entspringt, ist eine sehr spezifische: Das ländliche Syrien in den dreißiger, vierziger, ja noch fünfziger Jahren war so traditionell wie Jahrhunderte, wenn nicht Jahrtausende zuvor. Dort, in einem Dorf im Küstengebirge, verbrachte Adonis seine Kindheit und Jugend. Die rudimentäre Schulausbildung fand noch unter dem Baum in der Dorfmitte statt, weder gab es Elektrizität noch motorisierten Verkehr, der Vater war ein gebildeter, der Dichtung und dem unorthodoxen Sufismus aufgeschlos-sener schiitischer Imam. So traditionell dieses Leben im Alltag war, neue Ideen und vor allem einen ersten Eindruck von der modernen Literatur bekam Adonis in seiner Gymnasialzeit an der Mission laïque française in der beschaulichen syrischen Hafenstadt Tartus. Im Alter von siebzehn las er Baudelaire, aber nicht wie wir in den Haupt- und Vorstädten Europas, sondern wie Vergil ihn auf seinem Landsitz gelesen hätte, fern dem Weltgeschehen und etwaiger Zivilisation, fern aller Technik. Gemäß der Erfahrung, die Adonis in dieser Phase seines Lebens machte, waren die moderne Kultur und die Technik gänzlich unabhängig voneinander. Die technische Lebenswelt, die vom europäischen Epizentrum der Moderne aus betrachtet zur modernen Literatur untrennbar gehört, erschien angesichts dieser Erfahrung als eine überflüssige, unangenehme Nebensache. Die schönste Frucht der Moderne, nämlich die moderne Kultur, die Befreiung des Subjekts und des Begehrens, hatte ja, jedenfalls gemäß der Erfahrung von Adonis, auch ohne den Preis des Tauschs von Minarett gegen Schlot reifen können.

Um diese persönliche Erfahrung einer lediglich kulturellen Moderne zu objektivieren, begab sich Adonis seit Mitte der sechziger Jahre, in dem Moment, wo die Gedichte des vorliegenden Bandes einsetzen, in seinen theoretischen Schriften auf die Suche nach den Spuren einer arabisch-islamischen Moderne a priori, das heißt einer Moderne ohne Technik. Der forschende Blick auf die arabische Geistesgeschichte wendet sich sowohl gegen die eingangs erwähnte Gefahr der Verwestlichung wie auch gegen die der kulturellen, zumal der religiösen Reaktion. Adonis' Suche beginnt mit dem, was er bei der Lektüre Baudelaires lernte; Baudelaire ist gleichsam der Kompaß, der den Weg zum Pol der Moderne in der eigenen Kultur weist. Derjenige Autor, zu dem Adonis geführt wird, ist ebenfalls kein Unbekannter, doch so, wie Adonis ihn liest, ist er noch nicht gelesen worden: der arabische Dichter Abu Nuwas (757–814). »Abu Nuwas ist der Baudelaire der Araber«, stellt Adonis emphatisch fest. Im Bagdad des achten und neunten Jahrhunderts verwirklicht sich in seinem Werk, von Adonis gelesen, die Moderne ohne Technik, die geistige Moderne ohne ihren technischen Unterbau. Da dieser fehlte, führten die Ansätze einer Moderne im Werk von Abu Nuwas (und anderen) nicht zu einer nachhaltigen Entwicklung, sondern manifestierten sich im Lauf der islamischen Geschichte immer nur an Einzelgestalten, an immer neuen Orten und stets nur für wenige Jahrzehnte. Hinter diesen verstreuten historischen Einzelmanifestationen vermutet Adonis jedoch einen unterirdischen Strom, dessen wesentliche Exponenten die islamische Gnosis (das bis zur Häresie extreme Schiitentum, dem Adonis als Alawit selber entstammt) und vor allem der Sufismus, die islamische Mystik sind. Und ähnlich wie Adonis in Abu Nuwas Baudelaire sich spiegeln sieht, entdeckt er im Sufismus Tendenzen, als deren Äquivalent in der Moderne der Surrealismus sich anzubieten scheint. Diese Unterströmungen – Dichtung, Gnosis, Sufismus – konstituieren die Moderne vor der Moderne in der arabischen Welt insofern, als sie ein radikal anderes, offenes Konzept des Islams und ein undogmatisches Menschenbild vertreten. Adonis betreibt also keine Kulturgeschichtsschreibung im eigentlichen Sinne, sondern möchte das Potential an Modernität in der Kultur wieder ins Bewußtsein bringen, über das der Orient durchaus verfügt, obwohl es vom religiösen Establishment, den reaktionären Kräften und ebenso von den Vertretern der rein äußerlichen, technischen Rezeption westlicher Errungenschaften verdrängt wurde.

Die dichterische Auslotung der geistigen Situation der Zeit und die Rebellion gegen die Werte des verlebten Mainstreams der arabisch-islamischen Kultur paarte sich dann im Lauf der sechziger Jahre auf fruchtbare Weise mit einer alternativen Rélecture des literarischen Erbes. Adonis entdeckt die eigene Tradition für sich – und alle, die es hören wollten – regelrecht neu. Zur Verblüffung seiner Kritiker, die ihm vorwarfen, das eigene Erbe zu verraten, trat der revolutionäre, vermeintlich ›unarabische‹ Dichter nun als Kulturtheoretiker eben dieser zuvor in den Gedichten scheinbar verworfenen Kultur hervor, freilich mit einem sehr speziellen, auf sein eigenes dichterisches Schaffen bezogenen Ansatz. Diese Rélecture der arabischen Kultur, unerläßlich für das Verständnis von Adonis' Werk bis in die jüngste Zeit, gipfelt in der ideengeschichtlichen Studie, die er 1973 unter dem Titel ›Das Statische und das Dynamische‹ publizierte. Adonis formuliert darin theoretisch die Position, die er dichterisch mit den beiden in diesem Band übersetzten Lyriksammlungen umsetzt.

Adonis geht dabei aus von einer Dialektik derjenigen Kräfte in der arabisch-islamischen Geschichte, die auf Weiterentwicklung abzielen, und derjenigen, die möglichst unverändert das Althergebrachte fortsetzen wollen. Gemäß der Auffassung der Traditionalisten, wie Adonis sie schildert, besteht die einzige Aufgabe der Zukunft in der Bewahrung der Überlieferung. Treue zum Text der Offenbarung und zu den poetischen Verfahrensweisen der Vorfahren ist oberstes Gebot. Gemäß dieser Denkhaltung, so Adonis, wird jede schöpferische Kraft des Menschen abgeleugnet und der Mensch als unfähig gedacht, individuelle Erfahrungen von Wirklichkeit zu machen und sie in einer eigenen Sprache auszudrücken. Versucht er dies dennoch, so gilt er als Frevler und Ungläubiger. Ungewöhnliche und schwer verständliche sprachliche Gebilde gelten genau aus diesem Grund als verwerflich – ganz so, wie die Dichtung von Adonis ihren konservativen Kritikern als verderblich erschien.

Die wichtigste geistige Gegenströmung gegen den Traditionalismus ist nach Adonis der Sufismus, die islamische Mystik. Im Gegensatz zu den Traditionalisten begreift der Mystiker, so Adonis, das Verhältnis des Menschen zu Gott als ein lebendiges und dynamisches. Die Mystiker suchen die Wahrheit nicht mehr in den Buchstaben der Texte, sondern in deren Geist, so daß der Text unendliche und verschiedenste Interpretationen zuläßt. Während die Traditionalisten, wie Adonis sie schildert, alles wörtlich nehmen, eignet der Offenbarung in der Perspektive der theologischen Erneuerer im Umkreis des Sufismus metaphorische Qualität. Der metaphorische Gebrauch der Sprache öffnet diese für neue, unerhörte Sinnwelten. Auch realisierten sich für den Mystiker die menschliche Existenz und das religiöse

Heil nicht in der Gemeinde, im Kollektiv, sondern individuell durch die Hinwendung auf das eigene Innere, die im Idealfall in einen Dialog mit Gott einmündet. Durch das Denken einer Verschmelzung von Gott und Mensch, so Adonis, hat die Mystik dem Menschen das Bewußtsein zurückgegeben, ein frei handelndes, unabhängiges Wesen mit schöpferischen Kräften zu sein. Und als ein solches ist er in der Lage, eigene Erfahrungen in einer eigenen Sprache auszudrücken.

Gegen den Vorwurf der Verwestlichung konnte Adonis nun geltend machen, daß sich seine Dichtung keineswegs nur auf abendländische Vorbilder stützt, sondern daß es auch innerhalb der arabischen Kultur Strömungen gibt, aus denen sich sein poetisches Konzept herleiten läßt, nämlich den in der Lesart von Adonis dem Surrealismus verwandte Sufismus und auch manche innovative Dichtung der klassischen Epoche im islamischen Mittelalter zwischen dem 8. und dem 12. Jahrhundert. In seiner ›Einführung in die arabische Dichtkunst‹ von 1971 geht Adonis sogar noch einen Schritt weiter und sagt, daß das Problem der Moderne in der heutigen arabischen Welt ein Problem des Dialogs der Araber untereinander sei, nicht ein Problem der Auseinandersetzung mit dem Westen. Bezeichnet man die Moderne als Westimport, so handelt es sich um eine gefährliche Verkürzung, die darauf hinauslaufen könnte, sie als etwas Fremdes abzulehnen, obwohl sie tatsächlich seit jeher, zum Beispiel im Sufismus, der arabischen Welt zugehört. Die Araber, so könnte man als Fazit dieser Thesen schließen, haben also auch als Araber, als Muslime das Potential zur Modernität. Selbst wenn sie sich für die Moderne aussprechen, geben sie ihre kulturelle Identität damit nicht preis. Mit diesen Thesen, veranlaßt durch die Auseinandersetzungen, die seine Lyrik provozierte, ist Adonis zu einem der führenden Theoretiker der Moderne in der arabischen Kultur geworden, und vereinzelt sind seine Ansätze auch schon von Orientalisten aufgegriffen worden.

Die Geschichte mag lehren, daß Modernität im kulturellen Sinne nur durch einen technisch-wissenschaftlichen Unterbau, der die gesamte Gesellschaft beeinflußt, über längere Epochen Bestand haben kann. Die unnatürlich schnelle Rezeption der technischen Moderne in der islamischen Welt, die mehrere Jahrhunderte europäischer Entwicklung in wenigen Dezennien absorbieren mußte, hat zu einer fast ausschließlich auf die Technik beschränkten Modernerezeption geführt. Gegen diese einsinnige Wahrnehmung der westlichen Moderne richtet sich Adonis' Kritik vorrangig: Sie ist nicht so sehr Fortschrittskritik als Kulturkritik. Adonis' Absicht ist es daher auch nicht, die Technik abzuschaffen und die Schornsteine wieder aufzukaufen und in Minarette zurückzuverwandeln – dies wollen nicht einmal die Fundamentalisten, die übrigens sehr technikbegeistert, aber nicht gerade kulturbegeistert sind. Vielmehr geht es ihm darum, zu zeigen, daß die arabische Kultur die Moderne nicht importieren muß und daß die Moderne als Kultur – anders als die Fabriken – nichts Importiertes ist, sondern sich in den ältesten arabischen Texten findet und der islamischen Zivilisation als Möglichkeit inhärent ist. Die

›fremden‹, westlichen Leser werden ihrerseits aufgefordert, Adonis' Erfahrung einer von der Technik unabhängigen Moderne in ihrem utopischen Potential anzuerkennen und sie in den Kanon, wie Moderne auch und anders gedacht werden kann, aufzunehmen.

Die Vision einer anderen Moderne, die Adonis propagiert, hat jedoch zusätzlich eine poetologische Komponente. Sie betrifft die Aufgabe des Dichters und beantwortet die Frage, die Heidegger, einen Vers Hölderlins aufgreifend, am Eingang seines Aufsatzes stellt: »Und wozu Dichter in dürftiger Zeit?« Die Dichter, wie Heidegger und in seiner Nachfolge Adonis sie sieht, sind die Fackelträger einer menschlichen Moderne in der von Heidegger so genannten ›dürftigen Zeit der Weltnacht‹. Die Dichtung von Adonis, ließe sich sagen, kämpft vor allem gegen die Gewöhnung, die uns, nach Heidegger, daran hindert, die ›Durft der Zeit‹ zu erfahren – wenn man Durft als Bedürfnis ebenso wie als Dürftigkeit versteht. Wenn wir nun die Meßlatte von Adonis' Dichtung und ihres – an Hölderlin und Heidegger geschulten – Selbstverständnisses an die dürftige Zeit (die in dieser Deutung natürlich unsere ist) anlegen, so äußert sich deren Armut und Armseligkeit eben darin, daß Pathos und Vision unglaubwürdig, ja verächtlich geworden sind. Wir haben keine Utopien, weder gesellschaftspolitische noch religiöse, nicht einmal humanistische (allenfalls gentechnische), und wir verbinden mit der Dichtung keinen höheren Anspruch. Der Impuls, die Welt, in der wir leben, zu überschreiten, so muß es dem arabischen Dichter scheinen, existiert heutzutage im Westen nicht mehr. Vielleicht ist dies gut so und die Lehre, die man aus den verhängnisvollen Heilsversprechen der Ideologien des 20. Jahrhunderts gezogen hat. Dennoch ist es zum mindesten einseitig. Adonis, mit seinen ganz anderen Erfahrungen, hat den Mut zu dem Pathos, seine Vision einer menschlicheren Moderne in der Dichtung und in den Essays gegen die von ihm so erfahrene ›Durft der Zeit‹ zu vertreten. Er verteidigt die Notwendigkeit des Wortes und seiner traditionellen Medien – Poesie, Minarett, Forum, Parlament – vor der bloßen Nützlichkeitserwägung des Technikers, der alles, einschließlich des Menschen, in Rohstoff und Material verwandelt. Wie Adonis 1997 in einem Aufsatz geschrieben hat: »Die Kritik an den Zuständen der Welt genügt nicht mehr, vielmehr geht es darum, eine tiefgreifende Verbrüderung des Menschen mit dem Unbekannten und der Unendlichkeit des Seins zu begründen. Vor diese Aufgabe gestellt, schreitet die Kunst wie ein entbergendes Licht auf den Wegen der Wissenschaft und atmet auch die Technik die Luft der Kunst.« Wenn dies die Utopie ist, die Adonis vertritt, kommt er zu uns freilich nicht aus der Zukunft, sondern vor allem aus einer anderen Weltgegend, mit Erfahrungen und Vorstellungen, die gerade hier, wo sie ›aus der Welt‹, ortlos, utopisch scheinen, besondere Aufmerksamkeit verdienten.

Stefan Weidner

Textgrundlage

Der hier vorliegende zweite Band der im Ammann Verlag erscheinenden Ausgabe von Adonis' Werk enthält eine umfangreiche Auswahl aus den 1965–1971 verfaßten und publizierten Gedichten von Adonis. Die Gedichte stammen aus den Bänden »Das Theater und die Spiegel« (Erstveröffentlichung in Buchform 1968) und »Dies ist mein Name« (Buchveröffentlichung der endgültigen Fassung 1971). Grundlage des arabischen Textes und der Übersetzung ist:
Adûnîs: Al-A'amâl ash-shi'riyyah al-kâmilah, Band 2, Beirut, Dâr al-'Audah 1988 (5. Auflage). Offensichtliche Druckfehler wurden stillschweigend korrigiert.

Zu Umschrift und Aussprache

Für die Originalzitate aus den Gedichten wurde im Kommentar die wissenschaftliche Umschrift verwendet. Ihre Aufschlüsselung findet sich in islamwissenschaftlichen Handbüchern, dürfte jedoch ohne die Kenntnis der arabischen Aussprache nur Phonetikern verständlich sein. Auf eine Tabelle zur wissenschaftlichen Umschrift wurde daher verzichtet.

Die in der Übersetzung und im Nachwort vorkommenden arabischen Eigennamen werden mit einigen Vereinfachungen auf der Basis der im englischsprachigen Raum gängigen Umschrift transkribiert. Dabei sind ausnahmslos folgende Ausspracheregeln zu beachten:

th wie in englisch ›thing‹
dh wie in englisch ›this‹
z ist stimmhaftes ›s‹ wie in deutsch ›Rose‹
s stets stimmlos wie in englisch ›Song‹
sh wie deutsch ›sch‹
kh wie ›ch‹ in deutsch ›ach‹
gh Zäpfchen-r wie in hochdeutsch ›Ruf‹
dj wie ›j‹ in ›Jackett‹
r gerolltes Zungenspitzen-r
' bezeichnet Stimmabsatz, wie in Post'amt
h wird stets, außer in den hier genannten Buchstabenkombinationen, ausgesprochen, auch vor Konsonant. Sprich also ›Mih(i)yâr‹.
^ Zirkumflex dient als Längungszeichen.

Auf die Umschrift der in europäischen Sprachen unbekannten arabischen Laute wurde verzichtet (arab. ›qāf‹ wird mit ›k‹, ›ʿain‹ mit ›'‹ wiedergegeben).

1 *Hussein* (626–680), zweiter Sohn von Mohammeds Cousin Ali, dem vierten Kalifen (Prophetennachfolger) gemäß schiitischer Lehre, und von Fatima, einer Tochter Mohammeds. Bei der Schlacht von Kerbala unterlagen Hussein und seine Gefolgsleute den Truppen des umayyadischen Kalifen Yazid, dem Hussein den Kalifenthron streitig machte. Für die Schiiten (Adonis ist ebenfalls Schiit) ist Husseins Märtyrertod von zahlreichen Legenden umwoben und er gilt als einer ihrer Heiligen.
2 *in beiden Strömen* gemeint sind die Flüsse des Zweistromlands, Euphrat und Tigris.
3 *Narr* arab. »buhlul«, weiser Narr aus der islamischen Volksmythologie.
4 *die Magier* wahrscheinlich sind die Heiligen Drei Könige gemeint.
5 *Timur* mongolischer Herrscher, der bis zu seinem Tod (gest. 1405) den gesamten Osten der islamischen Welt eroberte.
6 *Mihyar* dichterisches Alter ego von Adonis, zurückgehend auf den mittelalterlichen schiitischen Dichter Mihyar ad-Dailami. Vgl. »Die Gesänge Mihyars des Damaszeners«.
7 *sie* steht für Damskus, da Städtenamen im Arabischen feminin sind.
8 *der Fels* vermutlich Anspielung auf den berühmten ›Taubenfelsen‹ vor der Küste Beiruts.
9 *des Buches* wahrscheinlich gemeint: der Koran.
10 *Aischa* (614–678), seit 623 Ehefrau von Mohammed und seine Lieblingsfrau, die er gegen Verleumdungen wegen ihrer angeblichen Untreue verteidigte. Ihr wird von Seiten der Muslime große Verehrung entgegengebracht.
11 *Zaryab* berühmter Sänger und Dichter am abbasidischen Hof (gest. 845).
12 *Hussein* vgl. Anm. 1.
13 *Abu Hamid al-Ghazali* (1058–1111), einer der einflußreichsten islamischen Theologen und Juristen. In seinem vielbändigen Hauptwerk »Belebung der religiösen Wissenschaften« versucht er, strengen Gesetzesglauben und eine aus der islamischen Mystik gewonnene Ethik zusammenzudenken. Bis heute gilt er als Denker des orthodoxen Islam. Den rationalistischen und philosophischen Strömungen islamischen Denkens stand er kritisch gegenüber. Viele, so auch Adonis, machen ihn für den Niedergang des Rationalismus im Islam verantwortlich.
14 *Asi* Fluß im Libanon.
15 *roter Ritter* dunkle Stelle, sicher keine Anspielung auf Parzifal.
16 *Qasiyun* Hausberg von Damaskus.
17 *Muawiya* erster omayyadischer Kalif in Damaskus und Gegner Alis, des von den (erst später sogenannten) Schiiten favorisierten Kalifenkandidaten.
18 *Khalida* Name von Adonis' Frau.

19 *Abu Ala* wörtl. »Vater Alas«, gemeint ist Abu Ala al-Maarri (973–1058) einer der berühmtesten, nachklassischen Dichter des arabischen Mittelalters. In seinem Heimatort Maarra in Syrien lebte der seit früher Kindheit Erblindete zurückgezogen als Gelehrter.

20 *Rundgang* im Arabischen auch Bezeichnung für die rituelle Umrundung der Kaaba in Mekka.

21 *Granada, Buchara* das westlichste und das östlichste Zentrum der islamischen Kultur im Mittelalter.

22 *Nadir* volkstümliche Legendengestalt.

23 *Mihyar* vgl. Anm. 6.

24 *Qasiyun* vgl. Anm. 16.

25 *Barada* Fluß in Damaskus.

26 *Ghuta* fruchtbare Ebene um Damaskus.

27 *Mohammed* arabischer Jungenname, hier ist nicht der Prophet Mohammed gemeint.

28 *Sannin* Hausberg von Beirut.

29 *ihre* vgl. Anm. 7.

30 *Magier* vgl. Anm. 4.

31 *Zeichen* arab. »ayah« bedeutet (Wunder-)Zeichen, ist auch das Wort für einen Koranvers.

32 *Tor* arab. »bab« bedeutet auch ›Kapitel‹.

33 *Ali* Cousin Mohammeds, vgl. auch Anm. 1.

34 *Rebab* ein- oder zweisaitiges Musikinstrument der Beduinen, eine einfache Geige.

35 *Mihrab* Gebetsnische in Moscheen.

36 *Imru l-Qais* berühmtester arabischer Dichter (ca. 500–540) der vorislamischen Epoche, um den sich zahlreiche Legenden ranken.

37 *al-Maari* vgl. Anm. 19.

38 *al-Djunaid* Theologe und einflußreicher Mystiker in Bagdad (830–910).

39 *al-Halladj* einer der berühmtesten arabischen Mystiker (858–922), der als angeblicher Häretiker hingerichtet wurde.

40 *an-Niffari* heterodoxer Mystiker (gest. 965), auf den sich Adonis vielfach beruft.

41 *al-Mutanabbi* einer der bedeutendsten, für Adonis der bedeutendste arabische Dichter des Mittelalters (915–965).

42 *Engel* hat im Arabischen dieselbe Wortwurzel wie »Beherrscher«.

43 *Hamza* Buchstabe im arabischen Alphabet, der keinen Laut bezeichnet, sondern nur einen Stimmabsatz, eine Ligatur.

44 *»I speak the password primeval«* »Ich spreche das Paßwort des Ursprungs« Walt Whitman, Leaves of Grass, Song of myself, 24. Zahlreiche andere Whitman Zitate oder Anspielungen sind im Text verstreut. Eine Auflistung bietet die eng-

lische Übersetzung von Shawkat M. Toorawa in: Journal of Arabic Literature XXI, S. 43ff.

45 *Dhahran* Stadt in Saudi-Arabien, Zentrum der saudi-arabischen Ölindustrie.

46 *das zweite Büro* »Deuxième Bureau« war der Name des damaligen, berüchtigten Geheimdienstes der libanesischen Armee.

47 *Dirham* arabische Währung.

48 *»er hat keine Vorfahren …«* Selbstzitat von Adonis aus seinem Gedichtband »Die Gesänge Mihyars des Damaszeners«.

49 *Yara* ist die Tochter der später im Text erwähnten Mirène (Ghossein), seiner Übersetzerin. *Ninar* ist die jüngere Tochter von Adonis.

50 *Ali Ibn Mohammed* Führer eines Aufstandes schwarzer Sklaven im Süden Iraks während der Abbasidenzeit um die Jahre 868 und 883. Nach der Niederschlagung des Aufstandes wurde er hingerichtet.

51 *an-Niffari* vgl. Anm. 40.

52 *Urwa Ibn al-Ward* vorislamischer arabischer Dichter (gest. 616), der sozial-revolutionäre Ideen vertreten und praktiziert haben soll.

53 *Abu al-Ala* vgl. Anm. 19.

54 *Dal mim schin qaf …* Namen arabischer Buchstaben.

55 *Gibran* Gibran Khalil Gibran (1883–1931), libanesischer Schriftsteller, der mit seinem auf Englisch verfaßten Werk »Der Prophet« weltbekannt wurde.

56 *Ashrafiye* vor allem von Christen bewohnter Stadtteil in Ost-Beirut.

57 *Zahrat al Ihsan* Schule in Beirut, an der Adonis lehrte.

58 *Buthainah und Laila, Djamil, Qais* Namen Liebender aus legendären arabischen Liebesgeschichten.

Danksagung

Der Kulturkreis der Deutschen Wirtschaft im BDI hat mich mit dem Übersetzerpreis (1998) für den ersten Band der Adonis-Ausgabe auf ungewöhnliche Weise zur Weiterarbeit ermutigt. Das Europäische Übersetzerkollegium in Straelen hat mir regelmäßig Zuflucht geboten. Der Deutsche Übersetzerfonds hat 2003 mit einem Arbeitsstipendium Wiederaufnahme und Abschluß der Arbeit am zweiten Band ermöglicht. Ahmad Hissou, Köln, hat alle meine Fragen zum arabischen Text beantwortet, Ahmed Farouk, Köln, hat den arabischen Satz Korrektur gelesen. Der Verlag Edition Orient überließ großzügig seine deutschsprachigen Rechte an einer Reihe von Gedichten für diese Neuübertragung. Der Ammann Verlag hat mit dieser Ausgabe der arabischen Poesie überhaupt erst eine Öffentlichkeit im deutschsprachigen Raum verschafft.

S. W.

فهرست القصائد — Inhalt

ADONIS

Die Gesänge Mihyârs des Damaszeners

Gedichte 1958–1965

Arabisch und deutsch

Aus dem Arabischen übersetzt und herausgegeben von Stefan Weidner

208 Seiten. Halbleinen

»Adonis ist in alldem ein Dichter von bemerkenswerter Grazie. Er gibt uns seine Ideen als Figuren, seine Gedanken als lyrische Kadenzen. Der neue Zarathustra ist auch ein Orpheus. Am Anfang der ›Gesänge Mihyârs‹ erscheint ein Verzauberer und Beweger der Dinge: ›Er naht wehrlos wie ein Wald, und wie die Wolken wird er nicht zurückgeschlagen. Gestern trug er einen Kontinent und rückte das Meer von der Stelle.‹ Dieses orphische Wunder schimmert auch durch die Übertragung Stefan Weidners.«

Harald Hartung, Frankfurter Allgemeine Zeitung